911代理店❷
ギルティー

渡辺裕之

ハルキ文庫

角川春樹事務所

EMERGENCY CALL 911 AGENCY

Contents

911代理店会社紹介

企業理念

小悪党を眠らせるな

被害者と共に泣け

隣人に嘘をつくな

社長

岡村茂雄《おかむらしげお》……元警視庁捜査一課刑事。60代前半でブルドックに似ている。

鍵のご相談課

貝田雅信《かいだまさのぶ》……元爆弾魔。30代前半。172センチ。太り気味で丸い顔をしており、人の好さそうな雰囲気。

セキュリティのご相談課

外山俊介《とやましゅんすけ》……元掏摸師。30代半ば。175センチ。眼鏡を掛けていても眼光の鋭さがわかる。

クレーマーのご相談課

尾形四郎《おがたしろう》……元詐欺師。通称〝ドク〟。眉が太く目が大きい。40代半ば。168センチ。心理学を応用し、喋りがとにかく達者。

神谷隼人《かみやはやと》……元スカイマーシャル。30代半ば。183センチ。

篠崎沙羅/玲奈《しのざきさら/れいな》……凄腕のハッカー。解離性同一性障害。23歳。162センチ。

木龍景樹《きりゅうかげき》……30代後半180センチ。広域暴力団心龍会若頭。

畑中一平《はたなかいっぺい》……神谷と同期の現役警察官。

プロローグ・五月二日

川谷香理《かわたにかおり》は、苛立《いらだ》ち気味に愛車のハンドルを握り、千葉県夷隅《いすみ》郡の大多喜《おおたき》街道を疾走《しっそう》している。

昨年の選挙活動での買収が疑われており、すでに警察が動いていると地元の遊説先で後援会会長から聞かされた。

情報源は先月号の週刊誌であり、そんな話はすでに政策秘書から知らされていた。誰もその話題に触れないようにしていたのだが、後援会会長は「このままでは我々まで捕まってしまう」と抜け抜けと言ったのだ。もっとも、二ヶ月前に香理の公設秘書が公職選挙法違反の疑いにより、千葉地検に逮捕されているので、時間の問題ではあった。

はじまりは昨年の十月に〝週刊文秋《ぶんしゅう》〟が、夏の参院選で彼女と夫の規幸《のりゆき》が法定金額の二倍の報酬《ほうしゅう》を選挙関係者に支払っていたとすっぱ抜いたことである。以来、マスコミが私生活にまで入り込み、取材を迫ってくるのだ。

その憂《う》さを晴らすため、香理は趣味であるドライブをすることがある。だが、都内ではマスコミに追いかけられるので、地元の選挙区に帰った際、夜中に田舎道《いなかみち》を運転することでストレスを解消するのだ。

「まったく、腹立たしい」

香理は警笛《けいてき》を鳴らし、前を走っていた軽トラを追い越した。

「いけない」

苛立ちのあまり警笛を鳴らしてしまったが、軽トラの運転手はおそらく選挙区の住民に違いない。夜中に走るのはマスコミ対策もあるが、地元住民に荒っぽい運転を見られたくないからだ。

「まあ、いいかあ」

苦笑した香理は、さらにアクセルを踏んで軽トラを引き離す。所詮《しょせん》地元住民といっても一票に過ぎないのだ。

愛車は、スウェーデンのサーブ・オートモービル社製の二〇一一年型9－5である。サーブ社は業績低迷で二〇一一年末に破産しているため、今乗っている車は生産された最後の車だ。二〇一一年三月に購入しており、その時はサーブ社が倒産するとは夢にも思っていなかった。

当時、この車を購入したのはベンツやBMWなどのドイツ車でない外車が欲しかったこともあるが、9－5の3000リッター・V型6気筒エンジンの力強さに惚《ほ》れ込んだというのが一番の理由である。その思い入れが未《いま》だに強く、後継車も生産されないため十年経《た》った今もメンテナンスに金を掛けて乗り続けている。

山間《やまあい》の長い下り道が切れたので、制限速度まで減速した。この先にオービスがあるからだ。この辺りの道は、選挙カーでくまなく回っているので知り尽くしていた。

坂を下り切った交差点の信号を右折し、緩いカーブを曲がった先の交差点で再び右折する。Uターンする形で勝浦《かつうら》バイパスに入ると、東に向かってしばらく登り坂が続く。

二キロほど走ると、昼間なら海が見晴らせる開放的な空間が広がる下り坂になる。

「えっ？」

香理は首を傾げた。ブレーキの効きが悪いのだ。交差点を過ぎて伊南房州《いなんぼうしゆう》通往還の海岸道路に入る。

「嘘《うそ》でしょう」

アクセルペダルから足を離しているにもかかわらず、スピードが増している。時速は一気に百四十キロまで加速した。必死で交差点のカーブを曲がった。再び緩い登り坂になる。この辺りは意外とアップダウンがあるのだが、登り坂でもスピードは変わらない。

トンネルを潜《くぐ》って再び下り坂になる。

「お願い！　止まって！」

ブレーキペダルを床まで踏みつけているが、時速は百七十キロに達した。

眼前に突然車のライトが点灯する。

香理は咄嗟《とつさ》にハンドルを右に切った。

衝撃とともに、車体が宙を飛ぶ。

「ああ!」

香理の悲鳴とともに、車は海に転落した。

人探し

1・五月六日PM11：40

五月六日、午後十一時四十分、バックパックを背にした神谷《かみや》隼人《はやと》は、中野《なかの》にある建設中の高層ビルのエレベーターに乗った。

工事は行われていないが、エレベーターを動かすために電源が入れられていた。そのため、ひっそりと佇《たたず》んでいた建設中のビルは要所に足場用の照明が灯《とも》っている。

不審に思う近辺の住民が通報するかもしれない。パトカーが来るようなことがあれば、面倒だ。

「まだ、上か」

二十三階で下りた神谷は、溜息《ためいき》を吐いた。ハンドライトで周囲を照らした神谷は、仮設の非常階段を駆け上がる。ビルの鉄骨は三十八階まで組み上がっているが、二十三階より上は外壁だけでなく床も設置されていないために鉄骨が剝《む》き出しになっていた。その上、足場用の照明も点《つ》いていない。見通しはいいが、周囲の闇を取り込んだかのように足元は暗いのだ。

最上階まで上った神谷はハンドライトを消した。

日が暮れてから降り始めた雨は、次第《しだい》に雨脚を強めている。気温は十七度。遮《さえぎ》るものがないので、まともに降りかかる雨が体温を奪う。

足場から数メートル先にある鉄骨の梁《はり》の上に、百三十四メートル下の道路をじっと見つめながら濡れそぼっている男がいる。足場が組まれていない場所のため、落ちれば数十メートル下の落下防止柵か足場に激突、最悪弾《はず》んで地上まで落下という可能性もあるだろう。

神谷はバックパックのフロントポケットからカラビナを出し、音を立てないように足場のパイプに掛ける。

慎重《しんちょう》に足場から鉄骨の梁に上って立ち上がった。眼下の青梅《おうめ》街道を走る車が、ミニカーのように小さく見える。もし昼間だったらと考えると少々青ざめるが、高所は慣れているためなんとかいけそうだ。

「ふうむ」

足元から前に視線を移した神谷は、首を左右に振った。雨で霞《かす》む夜景をバックに佇む男に違和感を覚えたのだ。

「おっと」

思わず跪《ひざまず》き、鉄骨の端を摑《つか》む。雨で足が滑った。

「誰だ！」

数メートル先の人影が、声を上げた。

「泉《いずみ》さん。探しましたよ」

神谷は息を吐きながら立ち上がった。

「どうして俺の名前を知っている？」

泉は顔だけ向けて上目遣いで見た。身長は一六五センチほどか。神谷は一八三センチあるため身長差はある。だからと言って睨《ね》めつけるように他人を見るのは、相手を威嚇《いかく》するか、鬱屈《うっくつ》した精神の持ち主だからだろう。彼の場合、後者である。

「奥さんに頼まれたんです。とても心配していましたよ」

神谷は泉を刺激しないようにゆっくりと近寄った。

「女房とどんな関係があるんだ？　まさか、女房の浮気相手はおまえか！」

泉は肩を怒らせて体もこちらに向けた。幅三十センチに満たない場所にいる感覚はなさそうだ。

「まさか、奥さんは誰とも浮気はしていませんよ。私は９１１代理店という何でも屋の社員で、神谷隼人といいます。あなたが五日前から失踪《しっそう》しているので、奥さんに探すように頼まれたんです」

神谷は笑みを浮かべて説明した。

正式名称は〝株式会社９１１代理店〟、警視庁捜査一課に勤《つと》めていた岡村茂雄《おかむらしげお》が五年前に設立した会社である。

緊急事態に対処するサービスの提供をモットーとしているが、社長の岡村の他に女性社員も入れて五人という零細《れいさい》企業である。世間からは『何でも屋』と呼ばれている業種だ。

神谷は昨年の九月に入社したばかりで、各課の担当者のサポートに付いて知識と技術を身につけているといえば聞こえはいいが、三つの課を渡り歩く『何でも屋』なのである。

「金で雇《やと》われたのか？　まったく、金食い虫が。俺の苦労を知っているのか」

泉は鋭い舌打ちをした。

「彼女は自分で働いて貯金したお金を使おうとしているのです」

神谷は泉の女性蔑視《べっし》とも取れる発言に腹が立った。

「彼女？　やっぱり、おまえ、女房と付き合っていたのか！」

泉は声を張り上げた。

「違いますよ。三人称で表現しただけです。あなたは、真梨《まり》さんって奥さんの名前で言っても勘違いするでしょう？」

神谷は肩を竦《すく》めた。日本には『彼』『彼女』と三人称を使っただけで恋人だと勘違いする面倒な慣習がある。

「俺の女房の名前を気安く呼ぶな！」

泉は拳《こぶし》を振り上げた。

「あなたが自殺するかもしれないと、彼女は必死に探していたんですよ。家に帰ってください。彼女はあなたを愛しているんだ。そんなことも分からないのか！」

神谷は腹立ち気味に説得を試みた。

「うるさい！　おまえに俺の気持ちが分かってたまるか！」

泉が大振りのパンチを繰り出してきた。

神谷はスウェーバックして避ける。

パンチを避けられた泉の体が、神谷に勢いよくぶつかった。思わず神谷は、不安定な姿勢のまま泉を抱きしめる。

「えっ」

後方に押された神谷は小さな溜息を吐いた。二人はそのまま鉄骨の梁から落ちたのだ。

神谷のバックパックからロープが伸びて衝撃とともに、二人は鉄骨の梁から宙吊りになった。背中のバックパックは市販品ではなく、〝安全助ける君〟という、セキュリティの専門家・外山俊介《とやましゅんすけ》が開発した商品である。肩ベルト、胸ベルト、それに腿《もも》ベルトも付いているフルハーネス型の特注品だ。また、すぐに取り外せるように、各ベルトは左右の突起を押すだけで簡単に外れる特殊なバックルを採用している。

バックパックの内部には三十メートルのクライミングロープが格納されていた。ロープの両端には耐荷重千百七十キロのカラビナがセットしてあり、バックパック内のカラビナはショックアブソーバーが付けられたハーネスと結合してある。さきほど、足場のパイプに先端のカラビナを掛けたのは、クライミングロープを命綱として使うためだ。

足元を見たが、地面まではまだ三十メートル近くありそうだ。神谷は大丈夫だが、泉は落ちれば確実に死ぬだろう。

今朝、気軽に引き受けた仕事だが、命がけになるとは夢にも思わなかった。

「くそっ」

舌打ちした神谷は、泉を落とさないように両手を組んだ。

2・五月六日AM8:20

大久保《おおくぼ》駅にほど近い百人町《ひゃくにんちょう》の路地裏に三階建ての古いビルがある。

玄関の庇《ひさし》に〝ホテル・エンペラー新宿《しんじゅく》〟という金属製の看板があるのだが、エントランスのガラスドアには〝株式会社911代理店〟というプラスチック製の看板が貼ってあった。潰れたラブホテルを岡村社長が三年前に買い取り、多少の改修工事を行って911代理店の社屋としているのだ。

一階の一〇一号室は〝鍵のご相談課〟で実物大のドアだけの玄関や金庫の模型が展示されている。担当者の貝田《かいだ》雅信《まさのぶ》はドアロックや金庫の鍵を開ける名人で、この部屋の片隅《かたすみ》で寝起きしていた。

ラブホテル時代は事務所だった一〇一号室の対面にある部屋は物置として雑多に使われていたが、今年の初めに改装されて応接室になっている。来客はこれまでそれぞれの課の部屋で打ち合わせ等を行ってきたが、共通の応接室兼会議室が望まれていたからだ。

一〇四号室はなく、一〇五号室はエントランスを挟んで応接室の反対側にある。この部屋は〝セキュリティのご相談課〟で様々な最新の保安システムが展示され、実際このビルのセキュリティをここで管理している。担当者は最新のセキュリティの知識を持ち合わせている外山俊介で、部屋の奥に設置された三畳ほどの小部屋で生活していた。

一〇五号室の対面にある一〇六号室は〝クレーマーのご相談課〟である。部屋は半分に仕切られて出入口のある側が、ソファーセットとデスクが置かれた相談室として使われ、あとの半分を担当者の尾形《おがた》四郎《しろう》が自分の部屋としていた。

どの部屋も四十平米あり、天井が高いので実際より広く感じられる。また全室、ラブホテル時代に設置されたガラス張りのシャワールームとトイレがあった。

三階の三〇一号室は、社長の岡村の事務所兼居室、その向かいの三〇二号室は食堂兼娯楽室。エレベーター前の三〇三号室は、他の部屋より一回り小さく、スチール棚に書類などが収められた事務関係の倉庫である。三〇五号室は事務員として働く篠崎沙羅《しのざきさら》の部屋で、三〇六号室は空《あ》き部屋になっていた。

神谷は二〇五号室に住んでおり、二階の残りの四部屋は空き部屋である。昨年越してきた際に、天井からぶら下がっていた趣味の悪いシャンデリアを撤去《てっきょ》しただけでそのまま住み込んでいた。そのため、一人では大きすぎるキングサイズのベッドも部屋の中央に置かれたままになっている。部屋の改装は社員の自腹になっているため、手付かずなのだ。

午前八時二十分。神谷が泉を高層ビルの建設現場で見つけ出すおよそ十四時間前。

自室の壁際に置いてあるデスクの内線電話が、鳴り響いた。

髭を剃っていた神谷は電気剃刀を洗面台に置いて、受話器を取った。

「はい、神谷です」

――岡村です。すみませんが、一階の応接室に来てくれませんか。

「お客様ですか？」

神谷は念のために尋《たず》ねた。社内的な打ち合わせなら岡村は、自分の部屋に呼ぶはずだからである。

――そうです。慌てずに。

岡村はいつもとは違う優しい声で言った。客は女性ということだ。「慌てずに」は至急来いということになっている。

「了解です」

マスクをつけた神谷は、出入口そばのラックに掛けてある綿のジャケットを手に部屋を出た。

一階に下りてエレベーターフロアを横切り、ジャケットを羽織《はお》ると応接室と記されているドアを軽くノックして入った。

他の部屋と同じで四十平米あり、荷物を撤去した後で壁や天井、床は張り替え、中央にソファーセットが設置された。三人掛けのソファーがガラステーブルを挟んで対面に置かれている。だが、周辺の空間が広いため、通された客はいつも落ち着かないようだ。

「彼が神谷隼人です。彼も元警察官です。人探しなら得意ですよ」

マスク姿の岡村は、低い声で笑った。

「泉真梨と申します。よろしくお願いします」

振り返った真梨は、立ち上がって頭を下げた。小柄で痩《や》せて童顔のため、二十代後半に見えなくもない。だが、目尻の小皺《こじわ》や首筋の肌の色艶《いろつや》からして三十代後半、おそらく三十八歳だろう。

神谷は、日本ではあまり知られていないが、スカイマーシャルと呼ばれる警視庁東京国際空港テロ対処部隊の航空機警乗警察官だった。

警視庁は米国のスカイマーシャルに倣《なら》って国際線の旅客機にその警察官を一人で乗り込ませている。主たる任務がハイジャック対策で、テロリストに単独で対処すべく、格闘技や射撃など厳しい訓練を受け、ネイティブ並の英会話だけでなくフランス語やドイツ語、アラブ語も会得している。

「神谷です。よろしくお願いします」

神谷は苦笑を堪《こら》えて、岡村の隣りに座った。

スカイマーシャルは客と乗務員に異常がないか常に目を光らせ、乗客の素性《すじょう》を見抜く鋭い観察力と洞察力《どうさつりょく》を要求された。退官した現在も鍛《きた》え上げられた眼力《がんりき》に自信はあるが、人探しが得意と言われても困るのだ。

「実は、主人が五日前から行方《ゆくえ》が分からないのです」

真梨は真剣な表情で言った。泣きはらしたのか、目が血走っている。

「警察には、二度も行かれたそうだよ。失踪届が出されても、事件性がないと判断した場合は、警察は動かない。というか、動けないからね」

岡村が彼女の代《か》わりに説明した。もっとも、彼女に警察の事情をさりげなく説明したのかもしれない。

「でも、相談した警察官は、『男が五日くらい外泊しても大丈夫だ』なんて、無責任なことを言うんですよ」

真梨の目が吊り上がった。

「それは酷《ひど》いですね。泉さんは、ご主人が事件事故に巻き込まれたとお考えなんですか？」

神谷は落ち着かせるために、まずは彼女を肯定《こうてい》したあとでゆっくりと優しい声音で尋ねた。最近はクレーマーのご相談課の尾形のサポートに付くことも多く、彼から様々なテクニックを学んでいる。彼はモンスタークレーマーへの対応のアドバイザーもしており、企業から招かれて講習を行うこともある。

尾形は豊富な知識と巧《たく》みな言葉遣いで、相手を説《と》き伏せてしまう。そのテクニックを学んでいるのだ。彼は東大を卒業後ハーバード・メディカルスクールで心理学を学んだ高学歴の持ち主である。そのため、仲間からは〝ドク〟とも呼ばれている。だが、前科二犯の詐欺師《さぎし》という過去を持つ。業界では凄腕として有名だが、変装の名人でもあり、素顔はあまり知られていないそうだ。

「コロナのせいで主人は職を失い、自殺するかもしれないのです」

真梨は苦しげな表情を見せた。かなり切羽《せっぱ》詰《つ》まった状態だが、感情を抑えている。意志の強い女性らしい。

神谷は横目で岡村をちらりと見た。迂闊《うかつ》に尋ねれば、仕事を引き受けることになりかねない。仕事を受けるべきか確認したのだ。岡村は小さく首を縦に振った。

「詳しくお聞かせください」

神谷は身を乗り出して言った。

3・五月六日AM9：20

午前九時二十分、神谷は東京メトロ丸ノ内線の新中野《しんなかの》駅で下車し、青梅街道に出た。新宿駅から三キロほど離れているため、この界隈《かいわい》に高層ビルはなく落ち着いた街並みを形成している。だが、その均衡《きんこう》を破る高層ビルが、新中野駅のすぐ西側に建設されていた。

神谷は高層ビルの建設現場がある交差点まで進み、工事用フェンスに掲《かか》げられている完成予想図を見た。三十八階建てで一階と二階は商業施設が入り、三階から五階まではオフィスビルとして使われ、六階から三十八階までがマンションになるようだ。

完成図の横に車両用のシャッターがあり、その脇に通用口があるが、いずれも閉まっている。通用口に「〝新型コロナウイルス感染症緊急事態宣言〟にともない、四月七日から五月三十一日までの期間（仮）新中野ビジネスセンタービル工事を中止します」という張り紙が貼ってあった。

神谷は、今朝早くに夫を探して欲しいと会社を訪れた真梨からの依頼を正式に受けている。私立探偵がするような仕事は、以前は岡村が引き受けてきたが、神谷も元警察官だからと任されることが多くなった。

捜査に関しては警察学校の座学で学んでいるが、刑事部に配属されたことはないので素人《しろうと》も同然である。それでもこの一年の間で、岡村から手ほどきを受けてそれなりに捜査の「イロハ」の「イ」程度は習得した。

彼女の夫である泉祐治《ゆうじ》が働いていた現場を、まず見てみようと足を運んだのだ。「人探し」と言われて戸惑《とまど》ったが、捜査の基本は足を使うことだと岡村からアドバイスを受けており、今回もそれは変わらないはずだ。

建設現場の近くにある、このビルの施工《せこう》を請《う》け負っている会社の作業所を訪れて話を聞こうと思っている。

泉は長年建設会社で現場の職人をしていたが、昨年の夏に退職して自営の職人、業界では〝一人親方〟と呼ばれる独立した職人として働くようになったと女房の真梨からは聞いている。

仕事は主に空調設備のダクトの施工を請けており、大規模なビルやマンションの現場では設計図を読みこなす知識も求められるので意外と実入りがあったらしい。独立以来、大手ゼネコンが元請けとなっているような大きな現場の仕事が途切れることもなく、貯金をして将来小さな会社を作る夢もあったそうだ。

だが、昨年末に始まった新型コロナの流行で世の中は一変した。

当初、建設業界では、常に外気に晒《さら》されている現場での感染はないと楽観視されていたのだが、現実は違った。建設現場の事務所は狭く、工事用エレベーターは常に密、エレベーターに乗るのに長蛇《ちょうだ》の列、トイレの数も手洗いする場所も極端に少ないなど、環境は劣《れつ》悪《あく》で、ウイルスに感染するリスクと隣り合わせであった。

実際、二〇二〇年の四月に大手ゼネコンの建設現場で新型コロナの感染者を出し、緊急事態宣言終了までの間、大手は現場を閉めることを決定したのだ。

一番のトバッチリを受けたのは、現場を任されている下請けの会社である。特に泉のようなフリーの職人は一番に首を切られたのだ。

四月の給料は七万円、五月はまったく見込みがなくなった。泉は以前いた職場も含め知り合いの会社にも顔を出して仕事を回してもらえるように頼んだそうだ。だが、現場が閉鎖されているのでどこでも門前払い同然だったらしい。唯一知り合いから、紹介してもらえた仕事は経験もない清掃《せいそう》業だったという。

泉は職人としてのプライドが高いせいか、紹介された仕事を断った。だが、わざわざ労を執ってくれたのだからと、真梨は夫に代わって仕事を引き受けさせてくれるよう知人に頭を下げた。不定期で夜間の時間帯も割り振られるため、急に妻の夜間外出が増えた泉は、真梨が浮気をしていると勘違いした。彼女も本当のことを言えばいいのだが、夫のメンツを潰すことに繋がると思って黙っていたらしい。

完成予想図をスマートフォンで撮影した神谷は、現場から数十メートル先の一方通行の路地に曲がった。すぐ左手にある駐車場に（仮）新中野ビジネスセンタービル工事の作業所となっている二階建てのプレハブの建物がある。

駐車場に三台の車が停められており、作業所の二階の照明が灯っていた。工事は中止になっても、作業所では仕事が続けられているらしい。真梨は泉が勤《つと》めていた会社や以前の同僚《どうりょう》に電話を掛けたようだが、作業所にはまだ問い合わせていないそうだ。泉から仕事先に電話を掛けることを禁じられていたからである。女房の尻に敷かれていると思われたくないということもあるが、親会社に面倒を掛けたくないという理由らしい。

簡易《かんい》な外階段を上り、ドアを開けて中を覗《のぞ》くと、デスクがいくつも並べられており、奥のデスクに作業服を着た男が一人だけいた。親会社であるゼネコンの社員だろう。

「すみません」

神谷が出入口で頭を下げると、男は首を傾げながら近付いてきた。今は現場の作業が中止となっているため、来客もないのだろう。

泉が行方不明になっていると事情を話し、心当たりはないかと尋ねた。だが、職人は現場を管理する下請け会社に託《たく》されているため、泉の名前は名簿に載ってはいたが顔すら知らないと言われてしまった。大きな建設現場では仕方がないことなのだろう。

神谷は軽く息を吐きながら、メモ帳に記載した名前と住所にチェックマークを入れた。溜息を吐くにはまだ早い。真梨から聞き出した住所や名前はまだ沢山《たくさん》ある。次の聞き込み先は、埼玉県和光《わこう》市にある以前勤めていた下請けの和光橘《たちばな》建設である。

夫婦は板橋《いたばし》区の成増《なります》に住んでおり、泉が和光橋建設に勤めていたころは会社まで原付で行き、そこから同僚たちとともに会社のワゴン車で建設現場へ向かっていたそうだ。近所にはまだそのころの同僚も住んでいるらしいので希望はある。

真梨も夫の知人には電話で問い合わせたそうだが、彼女が話してもらえなかった事情もあるかもしれない。夫が失踪した場合、女が絡《から》んでいることは結構あるからだ。真梨が相談した地元の警察官もそれを彼女に暗に示していたのだろう。神谷が聞けば、新たな情報が得られる可能性はある。

午後十時五十分、神谷は雨に濡れながら会社に戻った。足取りは重く、腹も減っている。真梨から聞いた和光市の知人だけでなく、前の職場の上司が教えてくれた人物にも会ったが手掛かりは得られなかったのだ。

「出かけているのか」

報告も兼《か》ねて三階の岡村の部屋を訪ねたが、不在だった。

食堂でインスタントラーメンを食べてから自室に戻った。熱いシャワーを浴びて着替えたが、落ち着かない。単に人探しなら明日また捜査をすればいいのだが、自殺の可能性があると聞かされているだけに時間がないと思えるのだ。とはいえ夜中に出来ることは何もない。

こんな時は、酒を飲んで気分を落ち着かせるのが一番だが、自室にアルコール類は置いていない。かつて恋人のソフィ・タンヴィエを失った後、その辛《つら》さを紛《まぎ》らわせようとアルコールに溺《おぼ》れたことがある。その結果、酒で仕事を失敗し、何度も職を転々とすることになった。

９１１代理店に入ってからは立ち直ったが、それでも酒を飲むのは外だけと決めている。

神谷はウィンドブレーカーを着ると、傘《かさ》も差さずに会社を出た。裏通りを抜けて職安《しょくあん》通りを渡り、大久保病院の脇から通い慣れた歌舞伎町《かぶきちょう》の花道《はなみち》通りに入る。

昨年まで金に困ると、この界隈で「殴《なぐ》られ屋」と称して、ボクシンググローブをはめた客に自分を殴らせて小銭を稼《かせ》いでいた。人は落ちぶれると、どこまでも堕《お》ちていく。紙パックの焼酎《しょうちゅう》を買うために他人に殴られるのだ。今から考えれば、頭がおかしくなっていたとしか思えない。

区役所通りを渡り、四季の路《みち》から新宿ゴールデン街の路地に入った。

「しまった」

十坪前後のバーやスナックがひしめいており、いつもなら小さな電飾《でんしょく》看板が煌《きら》めいているのだが、嘘のように路地は暗い。新型コロナが流行しているため、夜間営業の自粛《じしゅく》をこの界隈もしているのだ。

馴染《なじ》みのスナック〝プレイバック〟のライトも消えている。だが、試しにいつもガタつくドアを開けてみた。

「あれ？　神谷さん。いらっしゃい」

カウンターに入っているマスターの須藤圭介《すどうけいすけ》が、苦笑してみせた。

小さなL字形のカウンターに客は三人、いずれも顔馴染みである。出入口に近いカウンターチェアにサングラスをかけた黒のスーツに赤いネクタイを締めた男が座っている。男は振り返り、軽く頭を下げてみせた。木龍景樹《きりゅうかげき》、広域暴力団心龍《しんりゅう》会《かい》の若頭で、この界隈の者なら誰でも知っている最強の強面《こわもて》だ。

「とりあえず、ビール。店が閉まってなくて助かったよ」

神谷は木龍に頷《うなず》くと、その隣りの席に腰を下ろした。

「雨が止んだら、店を閉めようと思ったんですけどね。お客さんも入っちゃって」

圭介はビール瓶の栓《せん》を抜きながら笑った。彼は自分のアパートから自転車で通っている。看板を下ろしている店に、わざわざ入ってくる常連客をむげに断れなかったのだろう。それにその一人が、強面の木龍ならなおさらである。だが、神谷はこの男に縁があり、ある種の友情とも言うべき感情を持っている。

殴られ屋が縁で知り合ったのだが、911代理店を紹介してくれたのは他ならぬ木龍なのだ。しかも、岡村が現役《げんえき》の刑事だったころから、木龍は密かに情報屋として働いており、今では神谷の情報屋でもある。

「こんな雨降りに、何か困りごとでも？」

木龍が手酌《てじゃく》で自分のコップにビールを注ぎながら小声で尋ねた。泣く子も黙るヤクザ者であるが、実は気配りが出来て優しい男である。だが、それを他人に知られては商売柄困るため、いつも偉そうにしているのだ。

「察しがいいな。今朝、人探しの仕事を引き受けたんだ。心当たりはすべて当たってみたんだが、有力な情報は得られなかった。どこかの漫画喫茶《きっさ》にでもしけ込んでいるのか。あるいは、東京にはいないのかもな」

神谷も手酌でビールを注いだ。

「詳しくお聞かせください」

木龍はおつまみのピーナッツを眉間《みけん》に皺を寄せながら嚙《か》み砕《くだ》く。意識していないのだろうが、他人を寄せ付けないオーラが強くなった。

「旦那は建設現場の職人でね。新型コロナで職を失ったらしい。五日も連絡がつかなくなっている。奥さんは自殺でもしたらと心配しているんだ」

神谷は一通りの情報を話した。

「神谷さんも、手順が刑事と同じですね。聞き込みをして幅広く情報を集め、結果を得ようとしている」

木龍は苦笑を浮かべた。彼は神谷が〝やめ警〟ということを知っており、わざと言っているのだ。

「地道に足を使うのが、捜査の基本じゃないのか？」

神谷は自信なさげに聞き返した。木龍は長年情報屋として陰《かげ》で働いているため、下手な刑事よりも鼻が利く。

「時と場合によりますよ。『人探し』じゃなくて、『死に場所探し』をした方が早いんじゃないですか？」

木龍はちらりと神谷を見て言った。

「死に場所探し……」

脳裏《のうり》に新中野ビジネスセンタービルの工事現場の映像が過《よぎ》った。

「圭介、また来る」

神谷はカウンターに千円札を載せると、店を飛び出した。

会社まで全力疾走すると、一〇五号室のドアを叩いた。

「どうしたの？」

外山が驚いてドアを開けた。

「〝安全助ける君〟、貸してください」

肩で息をしながら神谷は言った。

午後十一時三十四分、〝安全助ける君〟を背負《せお》った神谷は、青梅街道でタクシーを降りた。横断歩道もない場所で道を渡り、新中野ビジネスセンタービルの建設現場に辿《たど》り着く。

雨はまだ降っていた。会社近くでタクシーに乗り込んだ時より強くなっている。

建設現場を見上げると、足場の照明が灯っていた。しかも、通用口の鍵がこじ開けられている。

「くそっ！」

舌打ちをした神谷は、通用口から侵入した。

4・五月六日PM11：50

午後十一時五十分、神谷は泉を抱きかかえたまま宙吊りになっていた。

〝安全助ける君〟の中のクライミングロープは伸び切った状態で、しかもそれ以外に予備のロープなどない。

外山が業者に頼んで作らせた災害用の特注品で、他にもハンドライトやラジオや救急セットが入っている。一年前に五十セット製造したが、売り切れてサンプルとして残っていた物を借りてきたのだ。

外山は大手防犯会社から相談を受けるほどの知識がある。彼はかつて窃盗《せっとう》を生業《なりわい》としていた過去を持っており、超が付くスリの名人でもあった。そのため、犯罪者の立場で考えられるという強みがあるのだ。前科二犯であるが、スリで捕まったことはなく、どちらも空き巣で足跡《ゲソ》をとられたからだという。

外山と尾形だけでなく、貝田も前科がある。今では鍵の名人として働いているが、もとはスパイ映画に出てくるようなアイテムを自作することが趣味だったそうだ。他人に怪我《けが》を負《お》わせたことはなかったが、河原で時限爆弾の実験をしていたところを通報され、警察に捕まっている。

外山が特注した商品が実践《じっせん》で役に立つことは分かったが、二人でぶら下がることは想定していなかっただろう。

「あんた、本当に女房の男じゃないのか?」

泉は情けない声で尋ねてきた。体重は六十七、八キロあるだろう。痩せているが、筋肉質で意外と重いのだ。

「まだ、そんなことを言っているのか? 馬鹿なことを言い続けるのなら、手を離すぞ!」

神谷は泉に口調を荒らげた。

「分かった。止《や》めてくれ」

泉は喘《あえ》ぐように答えた。両手を神谷の首に回して必死にしがみ付いている。

「俺のジャケットの右ポケットからスマートフォンを出してくれ。仲間に助けてもらう。最悪、消防署に連絡もありだが、それは避けたい」

神谷は大きく呼吸しながら言った。助けがいつ来るか分からない。それまで泉を抱えていなければならないのだ。泉は工事現場の鍵を壊して不法侵入している。現場の主電源を付けたのも彼なのだ。助けを呼ぶのが一番だが、警察沙汰《ざた》になる可能性がある。

「はっ、はい。ちょっと、待ってください」

泉は左手で神谷のジャケットの右ポケットに手を伸ばした。抱きかかえられているせいで、かなり無理な体勢ではあるがなんとか摑んだらしい。

「あっ、……すみません」

泉が、なぜか謝った。直後に下の方で金属性の破裂音がする。

「ひょっとして」

神谷は頭から血の気が引くのが分かった。

「すみません。……スマートフォンを落としてしまいました」

泉は大きな溜息を漏らし、左手をだらりと垂らしている。

「しっかり摑まれ。落ちるぞ」

「俺は本当に駄目な男なんだ。死んだって誰も気にしませんから」

泉は力なく言うと、右手も離した。

「馬鹿野郎！　奥さんは、おまえの代わりに昼夜関係なく働いているんだぞ。死んで彼女に顔向けが出来ると思っているのか！」

神谷は再び口調を荒らげた。真梨は四月、働きづめに働いて九万円貯めたらしい。その金を全部使って夫を探して欲しいと頼んできたのだ。

「……真梨。知らなかった。なのに、俺は浮気を疑っていた。俺は馬鹿だ。本当に生きている価値はない。死にたい」

事情を知った泉は、体を震わせて泣き始めた。

「死にたいのなら止めない。だが、俺の話を聞いてくれ。その間だけでいいから、俺に摑まってくれないか」

神谷は大きく息を吐くと自らを落ち着かせた。

過去の暗い経験は、他人に明かすことは滅多《めった》にない。だが、このままでは泉は死に、神谷はその死を自分の責任だと責め続けるだろう。彼に生きてもらうことに賭《か》けて、スカイマーシャルだったという身分を伏せて話すほかないのだ。

五年前、仕事でパリに滞在した夜、恋人であるソフィ・タンヴィエとパリにあるピザ店で待ち合わせをしていた。だが、神谷が店に着く直前に悲劇が起きる。テロリストの集団が銃を乱射しながら走り去ったのだ。二〇一五年十一月十三日のパリ同時多発テロである。ソフィはその犠牲になった。神谷が店に飛び込んだ時には、血塗《ちまみ》れのソフィは息絶《いきた》えていたのだ。

「残された者の時計は、止まってしまう。悲しみは五年経《た》っても癒《い》えない。そして、彼女の死の原因は自分にあると考え続けて、自分を罰《ばっ》するようになる。奥さんにそんな辛い思いをさせたいのか？　真梨さんはおまえを愛している。そんな人を残して、本当に死ぬことができるのか！」

神谷は自分に言い聞かせるように言うと、泉を抱え直した。両腕が痺《しび》れてきたのだ。これ以上持ち堪えられない。助けなど待っている時間はないのだ。

「真梨……」

泉は神谷の首に両腕を回して、しっかりと摑まってきた。

「二度と、死のうと思うな」

神谷は周囲を見回すと、体を揺らし始めた。

「どっ、どうするんですか？」

泉は怯《おび》えた声で尋ねてきた。

「左を見ろ、五メートル先に足場がある。ブランコのように振れば、近くに行ける」

「分かりました」

泉も足を動かす。だが、神谷とリズムが合わないため、揺れる方向が違ってくる。

「俺に任せろ！　じっとしているんだ」

神谷は足を振ってさらに勢いをつけた。

足場のポールに繋げてあるクライミングロープは、最上階の鉄骨の梁の繋ぎ目である鉄板に引っ掛かっている。その鉄板を支点に、二人は大きく揺れていた。

鉄板の端でクライミングロープが擦《こす》れ、嫌な音を立てている。最近のロープは、高度な加工がされて格段に強度が高まっている。だが、テンションが掛かった状態でロープが鋭利な形状の金属や岩石等の擦れによって切れやすいのは、昔も今も大して変わらない。

足場まで、あと一・五メートルというのが限界らしい。これ以上振幅を大きくすると、バランスを崩しそうになるのだ。

「次で手を離して押し出すから、足場に飛び移れ」

神谷はタイミングを測りながら言った。

「わっ、分かった」

泉は必死の形相《ぎょうそう》で手を横に伸ばした。

二人は一旦逆方向に揺れ、再び戻ろうとする。

「今だ！」

神谷は手を離すと同時に泉の横腹を押した。

空中に投げ出された泉は、両手を広げて足場に飛び付く。

「ああ！」

泉が悲鳴を上げて足場板にしがみ付いた。その上のパイプを摑もうとしたのだが、手が滑《すべ》ったようだ。だが、予測の範囲である。

神谷は各ベルトのバックルを外し、右手でロープを摑んで大きく足を振った。次の瞬間手を離して飛ぶと、足場板に転がってパイプにぶつかる。足場が滑るので危《あや》うく落下するところだった。

「さあ帰ろう」

立ち上がった神谷は、泉の右手を摑んで引っ張り上げた。

5・五月七日AM1：55

五月七日、午前一時五十五分、神谷は会社のエントランスのロックを非接触カードキーで開けた。

「ふう」

階段を見て大きな溜息を吐いた。綿のように疲れているのだ。

自殺をしようとしていた泉を助け、会社の車が置かれている駐車場までタクシーで乗り付けた。そこから彼を助手席に乗せて、板橋の自宅まで送ってきたのだ。

自宅は一戸建てで、六千二百万円で購入したそうだ。まだローンの返済が三分の二以上残っているらしい。自殺しようとしたのは、死ねば保険金が下りて、残りのローンは全額弁済されると思ったからだそうだ。

彼はこの五日間、地方に行って仕事を探していたという。だが、どこに行っても新型コロナウイルスの感染拡大は暗い影を落としており、希望するような仕事など見つかるはずがなかった。

六日の午後になって東京に帰ってきて、自宅の前までは戻ったらしい。だが、分不相応な家を見て絶望感に襲われたそうだ。都内を歩き回り、いつの間にか働いていた建設現場の前に立っていたという。そこで、はじめて死に場所を探していたことに気付き、現場の通用口を壊して侵入したという経緯だった。

神谷は泉が自宅に入るまで見守った。

泉は十分ほど玄関前で佇み、時折車の中の神谷を振り返る。妻に合わせる顔がないと言っていた。それでも、何度目かに拳を握りしめて神谷に頷くと、チャイムを鳴らした。

玄関ドアを開けた真梨は、気丈にも「おかえり」と明るく声を掛けて泉の背中を優しく押して家に入れた。彼女は、外に出てくると肩を震わせながら神谷に深々と頭を下げた。どうやら、車が家の前に止まった時から、知っていたようだ。建設現場から乗ったタクシーの中で、神谷は岡村にメールで報告しておいたので、彼から連絡されていたのだろう。

会社に戻り、エレベーターに乗ろうと、呼び出しボタンを押した。自室は二階だが、階段を上る気にもなれないのだ。

「うん？」

首を捻《ひね》ると、ボタン横の付箋紙《ふせんし》を剝《は》がした。「お疲れさん。夜食の用意があります」と記されている。

付箋紙のメモは、岡村の字だ。朝食に限ってのことだが、彼は社員の賄《まかな》いを作っている。神谷が疲れて帰ってくることを見越してわざわざ用意してくれたに違いない。階段で部屋に帰ったら気付かなかったが、岡村は疲れた神谷がエレベーターを使うだろうと付箋を残したのだ。心憎いばかりの気配りである。

警視庁でも指折りの敏腕刑事だったという。だが、神谷の古い友人である警視庁捜査一課の畑中一平《はたなかいっぺい》は、一課の面汚しだったと話していた。岡村は不正を働き、それが露見し、退職に追い込まれたという噂《うわさ》があるそうだ。過去の経緯《いきさつ》は知らないが、今の岡村を見る限り、尊敬に値《あたい》する人物だと思っている。

「ありがたい」

神谷はニヤリとすると、エレベーターに乗って三階で降りた。

「珍《めずら》しいな？」

食堂に入った神谷は、テーブルで食事をしている篠崎沙羅に右手を軽く上げた。この時間は沙羅ではなく、玲奈《れいな》になっているはずだ。普段は大人しく気立ての優しい女性だが、夜になると正反対とも言えるような粗暴な別人になる。

彼女は解離性同一性障害で、夜の七時になると必ず玲奈という人格に変わる。粗暴になるだけでなく、IQが百十から百七十という天才に変貌《へんぼう》するのだ。専門家によれば別人格になってIQが高くなるのではなく、幼少期の過酷な虐待《ぎゃくたい》で主人格のIQが落ちたそうだ。玲奈が攻撃的な性格なのは、沙羅を守るために生まれたからだと見られている。

「夜食があるって言われたから、今日は夜更《よふ》かししている」

玲奈は、笑みを浮かべた。彼女になると、沙羅よりも声が低くなるので慣れればすぐに分かる。玲奈は他の社員に対しては険しい態度をとるが、神谷には普通に接してくる。神谷の心の奥底に秘められた苦しみや悲しみを見抜き、同類と見做《みな》しているかららしい。頭がいいだけに洞察力に優れているのだ。

沙羅は会社の事務仕事をしているが、玲奈は天才的なプログラマーでネットゲームやアプリケーションを開発してそれを売り出して稼いでいる。岡村曰《いわ》く、会社の誰よりも資産があるそうだ。潰れたとはいえ百人町のラブホテルを買い取ることが出来たのは、彼女が多額の出資をしたからである。そのため、貝田と外山と尾形らは、会社の陰のオーナーは彼女だと噂しているほどだ。

「クリームシチュー、それにフランスパンもあるじゃないか！」

笑顔になった神谷は、まだ温かいシチューを鍋からボウル皿に盛り付けた。軽くオーブントースターで焼いたフランスパンを平皿に載せてスプーンと一緒に玲奈の前に並べると、対面の椅子《いす》に座る。

「お疲れ。大変だったみたいね」

玲奈はスプーンをテーブルに置いて尋ねてきた。彼女の口調は、いつも大人びている。精神年齢が高いのだろう。今年で二十一歳になるが、どこか悟《さと》ったように落ち着いているのだ。

「社長から聞いたのかい？」

神谷はシチューを食べながら聞き返した。

「詳しくは聞いていないけど、社長は褒《ほ》めていたわよ」

まるで年下に対するように玲奈は話す。だが、それが妙に似合っており、違和感はない。

「それは、光栄だね」

「建設現場で自殺しようとした人を助けたんでしょう？　危なくなかったの？　〝安全助ける君〟を持っていったって聞いたわよ」

興味津々のようだ。それが聞きたくて、彼女は神谷を待っていたのかもしれない。

「〝安全助ける君〟？　使うまでもなかった。奥さんが心配していると説得して、鉄骨の梁から降りてもらったよ」

神谷は笑ってみせた。〝安全助ける君〟を使って危ない目に遭《あ》ったことなど話せない。そうならないように説得するのが技量であり、泉を危険な目に遭わせたことは自慢《じまん》にもならないからだ。

「なんだ。簡単に説得されるのなら、自殺なんて考えなきゃいいのに」

いたのだろう。
玲奈は首を振ってつまらなそうな顔になった。神谷が危険な目に遭ったことを期待して

「人それぞれ、色々あるのさ。だが、新型コロナが流行したせいで、みんなおかしくなっている。非常事態だからこそ人間の真価が問われるんだろうけどな。だけど、どうにもできない人もいることは事実だ」

神谷は泉の苦悩に満ちた表情が忘れられない。毎月数十万円あった収入が、ある日突然、零《ゼロ》になったらどうなるだろうか。泉は「工事は中止になったので、以後の契約は白紙に」という簡単なメールひとつで契約を切られたそうだ。

「他人のことまで、気にしすぎよ。でもそこがいいところだって、沙羅は言っていたわ」

玲奈は、ふんと鼻先で笑った。沙羅と玲奈は、日記のような感覚で互いにメッセージを残し、情報や記憶を共有しているそうだ。そのため、彼女らは二つの人格間で会話しているように話すことがある。

「ご忠告、肝《きも》に銘じるよ」

神谷は笑いながらフランスパンを手でちぎった。

探偵課

1・五月七日AM7：30

早朝、神谷《かみや》は日課であるジョギングから戻り、食堂に向かった。

「いい匂いだ」

食堂に入るなり、神谷は鼻をひくつかせた。

日によっておかずは替わるが、今日は焼鮭《やきじゃけ》とほうれん草のお浸《ひた》しだ。それにサラダと味《み》噌《そ》汁にご飯。テーブルには生卵と味付け海苔《のり》とふりかけも用意されている。

「おはようございます。雨大丈夫でしたか？」

食堂に沙羅《さら》が入ってきた。神谷の髪が濡れているのが気になったらしい。彼女はいつも他人を気遣い、優しい言葉を掛ける。

彼女が現れるということは、午前七時半になったということだ。彼女は毎日正確に同じ行動をする。会社は午前八時半から午後五時半までが就業時間であるが、彼女は午後四時まで仕事をした後、一旦眠りについて午後七時に目覚《めざ》め、玲奈《れいな》と入れ替わるのだ。

そこから、玲奈の一日が始まる。彼女はまず、沙羅が残したメッセージを確認し、昼間何があったかを把握してから仕事を始めるそうだ。午後九時に食事を摂《と》り、午前二時で仕事を終えて沙羅にメッセージを残して就寝する。

以前の玲奈は、仕事をしながらカップ麺ばかり食べていたそうだ。だが、それでは体を壊すと心配した沙羅が玲奈のために弁当を作っておくようになったらしい。また、沙羅は玲奈の活動時間を増やすために就寝時間も変更した。玲奈は増えた時間で、会社で使うアプリを開発するなど有効に使っている。二つの人格は互いを労《いたわ》り、利点を活用しているのだ。

「おはよう。たいした雨じゃないけどね」

神谷は生卵をご飯に掛け、味のりを散らしてまず一膳食べる。これは、おかずがなんであろうと、毎日のルーティーンにしていた。

「雨でもジョギングしているんですね。偉いなあ。私も運動しないとですね」

沙羅はテーブルに自分の食事の用意をしながらゆっくりと丁寧《ていねい》に話す。玲奈は低い声で早口なので、会話をしているとまったく別人格だと分かる。

「その件でね。この間、社長と談判したんだ」

神谷は台所に行き、空になった茶碗に炊飯器からご飯を盛り付けた。

「私の運動不足のことを社長と話し合ったんですか?」

席に着いた沙羅が目を丸くしている。

「会社の福利厚生として、二階の空き部屋をトレーニングジムにする計画だよ。私以外の男性社員はみんな運動不足の体型をしているからね。二〇六号室に、トレーニングマシンを置こうと思っているんだ。社長からはオーケーをもらっている。古いベッドを片付けてカーペットを新しくし、マシンを設置すればちょっとしたトレーニングジムになる。中古だけどマシンは手配してあるんだ」

神谷は自慢げに言った。入社して八ヶ月近く経ち、会社に対してなんでも言えるようになってきた。それなりに実績は作ってきたし、言うべきことを言った方が会社のためだとも思っている。

「素敵、よく社長がオーケー出しましたね」

沙羅が両手を叩いて喜んでいる。若い女性らしい仕草だが、玲奈は絶対しない。最近では二人を同一人物ではなく、よく似た他人だと思うようになってきた。

「この会社が健全であることが大事だと説得しても渋っていたけどね。結局マシンを安く購入できる目処《めど》がたったので許可してくれたんだよ」

マシンの手配は、木龍《きりゅう》に頼んだ。新宿にあるスポーツジムがマシンの入れ替えをするので、古いマシンの処分を請け負う形で、ただ同然に入手できるらしい。彼はああ見えて店舗の改装を手掛ける会社の責任者をしているそうだ。彼に言わせれば、暴力団も「切った張った」の時代ではないらしい。表の稼業も増やして多角経営をしているそうだ。

新宿では暴力団同士の抗争事件を未《いま》だに耳にすることがあるので、彼の言葉をすべて信じることはできない。だが、木龍は若い衆が悪事に走らないように努力している。

「おはよう。神谷くん、あとで、私のオフィスに来てくれないか」

食事を終えて台所に立っていると、岡村が顔を見せた。

「了解です。コーヒー飲みますか？」

神谷はコーヒーを淹《い》れようと思っていたのだ。

沙羅は五分ほど前に自室に戻っている。最近、模様替《もようが》えしたらしく彼女の部屋には沙羅と玲奈のエリアが、パーティションで仕切られていた。沙羅のエリアは事務机と本棚だけでいたってシンプルである。

玲奈のエリアには、複数の高性能パソコンと数台のモニターが置かれ、電源装置や周辺機器が並べられたラックもあった。また、彼女たちの共有のスペースには、シングルベッドやソファーの他に冷蔵庫やコーヒーメーカーなどの家電も置かれている。二人とも一番落ち着くのは、自分の部屋だそうだ。そのため、沙羅は朝食が終われば、いつもすぐに部屋に戻る。

「コーヒー。ちょうど飲みたいと思っていたところだよ。それじゃ、私のオフィスに君の分も持ってきてくれ」

岡村は親指を立ててみせた。彼は七時前には朝食を終わらせるので、社員と一緒に食事をすることはない。また、貝田らは八時以降に朝食をとる。

神谷は二つのコーヒーカップを載せたトレーを持ち、岡村の部屋を訪れた。

「ご用件は？」

岡村のデスクにコーヒーカップを置いた神谷は、自分のコーヒーカップを手にソファーに座った。

「泉真梨《いずみまり》さんからの依頼の件だが、君に頼みがある」

岡村はコーヒーを啜《すす》ってから口を開いた。

「請求の件ですか？」

神谷もコーヒーを一口飲んで尋ねた。

「ああ、請求書を送ってくれと、先ほど電話があってね。それで、君が自主的に動いたために、請求は発生しないと返事をしたんだ。すまないが、そういうことにしておいてくれ」

社員は基本給の他に、出来高払いになっている。金額にもよるが、報酬《ほうしゅう》の二十パーセントから四十パーセントを貰えるが、今回はなしということだ。

「そうだと思いました。逆にお見舞い金は出さないいんですか？」

真梨が夜間の仕事で得た金を岡村が受け取れないことなど、最初から分かっていたことである。岡村は情に脆《もろ》いのだ。昨年も、自殺未遂《みすい》で怪我をした少年を神谷と貝田《かいだ》が助けたことがあった。その時も、請求どころかお見舞い金を渡そうとした。一度は先方に辞退されたが、神谷が根気よく説得して受け取って貰っている。

「それも考えたが、あえて見舞い金を出さない方が泉さんのためになると判断したのだ。その代わり、あの夫婦のことはしばらくの間、連絡をするなどして見守ってあげて欲しい」

岡村は小さな声で言った。超過労働も無料でやることになるからだろう。

「了解しました」

頷いた神谷は、立ち上がった。岡村から言われなくてもするつもりだったのだ。

「まだ話はあるんだ」

岡村は右手を上下に動かした。

「失礼しました」

神谷は頭を掻《か》きながら座り直した。

「探偵課という部署を新設することにした。君はそこの責任者になってくれ」

「私が、……責任者ですか」

神谷は自分を指差して小首を傾げた。社員が五人しかいない会社で四つも課を作れば、仕事がパンクするのではないかと思ったのだ。事実、貝田が担当する鍵のご相談課は、実質二十四時間体制である。そのため、神谷がサポートすることも多い。

「仕事の依頼がないか心配しているのなら、それは無用だ。部署を作れば、それなりに仕事は入ってくる。実はこれまでも私のところには昔の仲間を通じて仕事の依頼がきていた。ちゃんとした部署を作ることで企業として動きたいのだ」

岡村は自分の言葉に頷いている。昔の仲間とは警視庁の知り合いのことだろう。

「ひょっとして、昨日の仕事も、そうだったんですか？」

板橋在住の真梨が、どうしてわざわざ仕事を依頼してきたのか疑問であった。

「そういうことだ。君の仕事ぶりを見て、立ち上げるべきだと思ったのだ。それに、私自身もその方が動きやすくなるからね。少々、忙しくなりそうなのだ。どうかな、引き受けてくれないか」

岡村の顔が一瞬鋭くなった。彼は、独自に警察から何か仕事を請けているのかもしれない。昨日のような事件性のない仕事は、神谷に任せたいのだろう。

「……承知しました」

迷いはあるものの神谷は、返事をした。

2・五月七日PM3：20

午後三時二十分、911代理店、二〇五号室。

「……どうなっているんだ！」

口に手を当てた神谷は、慌てて窓を開けた。

「たっ、助けて、死にそうだ」

ブルーのつなぎの作業服を着た貝田が、窓から顔を出して咳《せ》き込んだ。作業服は鍵のご相談課の制服である。

「大袈裟《おおげさ》なやつだ。だが、マスクなしに作業はできないな」

振り返った神谷は部屋中に巻き上げられた埃《ほこり》に眉を顰《ひそ》めた。

岡村と朝の打ち合わせで探偵課を新設することに決まり、他の課と同じく担当者である神谷の部屋をオフィスにすることになったのだ。そのため、部屋の中央に置いてあるキングサイズのベッドを片付けるべく移動したところ、煙幕を張ったように埃が舞い上がったのだ。

「ベッドの下は、……ホテルが倒産した時から掃除されていなかったんですよ。僕の時もそうでした。……こんなに酷くはありませんでしたが」

貝田は咳《せき》をしながら答えた。

「それはいつの話だ？」

神谷は呆《あき》れながらも尋ねた。

「二年ほど前のことです」

貝田は今にも吐きそうな顔をしている。

「まったく、こんな不衛生《ふえいせい》なところで、俺は八ヶ月も住んでいたのか」

首を振った神谷は、頭を掻いた。一週間に一、二度カーペットに掃除機を掛けていたが、ベッドの下は掃除機のヘッドが入らなかったので掃除しなかった。ラブホテルの客が、ベッドの下に物を捨てないように隙間《すきま》を塞《ふさ》いであったらしい。

ベッドを粗大ゴミに出し、新たにシングルのベッドを購入するつもりだ。それに客が部屋に来るかもしれないので、ベッドが見えないようにパーティションも購入するつもりである。

「僕が掃除機を掛けますから、その間に神谷さんは必要な物を購入してきてください」

貝田は口を押さえて部屋を出て行った。彼は世話好きで、何かと役に立ってくれる。それに新型コロナが流行してから暇《ひま》になったらしい。外出する人口が減り、鍵をなくす人が減っているというのだ。

「そうするか……」

神谷はラックに掛けてあるハンガーからジャケットを取って苦笑した。埃塗れなのだ。仕方なくジャケットを戻し、Tシャツとジーンズという格好のままエントランスに下りた。二ヶ月前まで、エントランスにラブホテルの名残《なごり》である部屋の写真が並んだ受付パネルがあった。電源は切ってあったが、みっともないので神谷がパネルを石膏《せっこう》ボードで塞ぎ、壁紙を張って隠している。あとは、玄関の庇の金属製の看板を撤去するだけだ。

エントランスに置いてあるビアンキのロードバイクの二重のチェーンロックを外した。普段は部屋に置いているのだが、部屋を改装するためにエントランスに避難させていた。半年ほど前、都心の移動手段としてバイクも考えたが、駐車場がないため自転車を購入したのだ。

神谷はヨーロッパで生活もしていたので、自転車には少々こだわりがある。レースに耐えられる車体ということもあるが、イタリアのビアンキ社のデザインが一番気に入っていた。ただ、ボディーカラーは緑色に近い青色のチェレステカラーではなく、艶消しのブラックにしている。街中に溢《あふ》れるチェレステよりも、単純に黒が好きという理由だ。

会社には社用車であるジープ・ラングラーがあるが、貝田以外は滅多に使わない。会社がある新宿から移動するのにいつも渋滞《じゅうたい》に遭うこともあるが、駐車場が会社から離れた場所にあって不便なのだ。そのため、外山は250ccのバイク、尾形は125ccのスクーターを所有し、エントランスの左側のわずかな隙間に置いてある。

サングラスをした神谷は自転車を通りに出して跨《また》がると、骨伝導の小型ヘッドホンを掛けて颯爽《さっそう》と走り出した。このヘッドホンは、耳を塞がないためジョギングの時もしている。音楽も聞くが、電話に対応するためだ。

ヘルメットは目的地が近場なので被《かぶ》っていない。中古の事務機器販売会社が新宿一丁目、家具は新宿三丁目である。この二箇所《かしょ》で事足《ことた》りるはずだ。休日の遠出の時は、サイクリングウェアを着てヘルメットも必ず被るようにしている。

裏道を抜けて新宿通りに出た。

「うん？」

横に並んだ黒い乗用車の後部座席を見た神谷は、右眉をぴくりと上げた。岡村が乗っているのだ。警察だけでなく財界にもパイプを持っていると聞くので、どこかの金持ちの車に乗っていたとしても驚くことではない。

だが、黒塗りのベンツというのがなんとなく気になる。というのも、今朝、いきなり探偵課を任されたのは、極秘の捜査に専念したいがために、これまで引き受けてきた探偵の仕事を神谷に任せるつもりなのだろうと睨《にら》んでいたからだ。ひょっとすると、ベンツに乗っているのも捜査の一環かもしれない。それにヤクザの車という可能性もある。

神谷がさりげなく尾行すると、車は新宿三丁目の交差点を右に曲がった。

一キロほど追跡し、ナンバープレートの番号と運転手の顔をスマートフォンで撮影すると、Uターンするために甲州《こうしゅう》街道の交差点を右折した。

ロードバイクだけに街中なら車とスピードを合わせて走ることもできる。自転車は原付バイクと違って時速三十キロを超えても捕まることはない。自転車の法定速度が決められていないからだ。とはいえ、自転車が付いてくれば怪しまれるだけである。それに運転手の写真まで撮ったが、眼鏡《めがね》を掛けた真面目《まじめ》そうな男だった。捜査で車に乗っていると思ったのは、杞憂《きゆう》だったらしい。

「行くか」

岡村が気になりつつも神谷は、新宿三丁目に向かった。

3・五月七日PM8：20

午後八時二十分、箱根仙石原《はこねせんごくはら》。

岡村は、敷地面積が六百坪もある衆議院議員和田新三郎《わだしんさぶろう》の別荘の応接間にいる。

革張りのソファーに座り、正面の壁に掛かっている東山魁夷《ひがしやまかいい》と思われる絵画を見ていた。

原画でない精巧な複製としても五、六十万円はするだろう。

建物面積は百二十坪の三階建てで超がつく豪邸ではないが、箱根の別荘地の中でも贅沢《ぜいたく》な造りの屋敷である。それに別荘が集中するゴルフコースの東側のエリアではなく、北の山中にぽつんとあった。

昨日、昔馴染《むかしなじ》みの自由民権党の議員秘書今井将平《いまいしょうへい》から、和田が話があるというので会ってもらえないだろうかとの連絡があったのだ。

今朝早くには、午後に迎えの車を差し向けると伝えられた。都内で打ち合わせをするのかと思っていたが、和田の別荘に連れてこられたのだ。だが、当の本人が議員会館での会議が長引いているらしく、二時間以上待たされていた。広い屋敷だが、使用人は不在のようだ。今井がコーヒーを淹れてくれたが、やたら濃いので半分ほど飲んだだけで残している。

岡村は自由民権党が闇に葬《ほうむ》った事件を長年捜査していた。古くは九年前、現役の刑事だったころに起きた自由民権党議員林義行《はやしよしゆき》の不審死である。生前、林は数々の不祥事を起こしたが、父親が幹事長も務めた大物だったため、警察沙汰になるようなことも金と力でもみ消された。だが、亡くなる三ヶ月前に飲酒運転でひき逃げ事故を起こして逮捕され、議員を辞職した。さすがに父親の権力をもってしても庇《かば》いきれなかったようだ。だが、わずか三ヶ月後に急性膵炎《すいえん》で死亡した。岡村は自然死とは見ていない。

また、最近では二年前に自由民権党総裁の口利《くちき》きで業者の便宜《べんぎ》を図るために虚偽《きょぎ》の報告書を作成した財務省の職員が自殺したなど、自由民権党にとって不利益となる存在の不審死は数え上げたらキリがない。

自由民権党には昔から黒い噂が絶えず、岡村は事件が起きるたびに調査していた。現役時代、捜査はいつも証拠がないという理由で打ち切りになるか、上からの命令で中止に追い込まれるかだった。

岡村は理不尽《りふじん》な撤退に納得できず、長年一人でこれらの事件を調べつづけている。そのため様々な議員の後援会関係者や秘書に近づき、密《ひそ》かに情報を得ていた。

捜査対象が自由民権党執行部にまで及ぶことを恐れた警察上層部からの忠告を幾度となく受けた。彼らにとって追うべき対象は殺人犯や窃盗犯《せっとうはん》などの悪党であり、世の中を動かす政治家ではないからだ。だが、岡村に言わせれば巨悪に目をつぶれというのと同じである。

岡村が警視庁を辞職する羽目《はめ》に陥《おちい》ったのは、情報屋に金を渡していたことを、賄賂《わいろ》に当たるとして内部告発を受けて退職を迫られたからだ。情報を金で買うのは、誰でもやっていることである。それをことさら大袈裟《おおげさ》に追及した連中は、自由民権党と繋がっていた幹部であった。

退職後、岡村への仕打ちに反発している警視庁の仲間から励《はげ》ましを受け、今も地道に捜査を続けている。だが、岡村を辞職に追い込んだ連中は、捜査を継続させる岡村と警視庁内部のパイプを断ち切るべく、岡村が汚い警察官だという噂を広めて現役の警察官が接触し辛い環境を作ったのだ。

警察を辞めたことにより公権を使えなくなったが、縛《しば》りがなくなって自由度は高まった。

その分、捜査は最近進んできている。おそらく、和田はそれを知って接触してきたのだろう。話がしたいと言われたが、実際は調査を止めるように脅《おど》されるかもしれない。だが、たとえそうだとしても、和田のような大物に会えるのは進展と言えよう。

ドアがノックされて秘書の今井が入ってきた。

「お待たせしました。議員がいらっしゃいました。間もなくお見えになるので、今しばらくご辛抱《しんぼう》をお願いします」

眼鏡を掛けた今井は深々と頭を下げると、大きな息を吐き出した。岡村を待たせたことでかなり焦《あせ》っていたのだろう。彼は三年前に「国会議員政策担当秘書」の資格試験に合格し、和田に採用されている。岡村は今井の身元を調べ、和田の親戚《しんせき》の息子だと判明したので近付いた。今井が政界にまだ擦れていないと睨《にら》んだからだ。彼は国立大学を出て、鳥取県庁で六年ほど働いている。彼の元同僚とも会ったが、実直で真面目という評判だった。

和田は自由民権党の〝党五役〟の一人である〝選挙対策委員長〟いわゆる〝選対委員長〟をしている。つまり、党執行部の幹部の一人だ。選対委員長は自由民権党総裁直属の役職で、選挙の際の参謀であると同時に選挙資金の金庫番にもなる。

政界には様々な闇があるが、一千万円単位の大金が「弾《たま》」と呼ばれ短期間で執行部から地方の選挙区に流れる。ある意味分かりやすい闇の一つなのだ。今井と親しくなったのは、和田の情報を得ることで闇の一角を崩すつもりだからである。

ドアが開き、黒髪をオールバックにした和田が、ダークスーツの男を伴って入ってきた。

男は私設秘書の川沼永雅《かわぬまながまさ》で政治的秘書ではなく、和田の個人的なボディーガードだ。一年前に和田は右翼に襲われて右手を八針縫《ぬ》う怪我をした。

幹事長の三上刻弘《みかみときひろ》は和田の身を案じ、自分の私設秘書の一人である川沼を和田に紹介したのだ。実際は三上の指示で、翌日には川沼は私設秘書という名目で和田の私設護衛官に付いている。

和田は、議員バッジを付けたスーツを着ている。本当に帰ったばかりのようだ。

「今井、岡村さんをコーヒー一杯で待たせていたのか」

テーブルのコーヒーカップを見るなり、和田は挨拶《あいさつ》も抜きで今井を咎《とが》めた。和田は今井が真面目すぎて融通《ゆうずう》が利かないと、いつも怒るらしい。

「あっ、いえ、そのお」

今井は眼鏡の歪《ゆが》みを直しながらしどろもどろになった。

「和田さん、私がお断りしたんですよ。今井さんは、いろいろ気遣ってくれたんです。優秀な方ですから」

岡村は立ち上がって言った。政治家からの接待は、コーヒーまでと決めている。それ以上はどんな物も受け取らない。政財界で接待は未だに常識となっており、官民挙げてずぶずぶの関係になっている。官と民が、金品で繋がってはならないのだが、そんな常識ですら彼らは断ち切ろうとしない。岡村は政治家から金品を受け取れば、心が腐《くさ》ると信じている。その逆もしかりだ。それは、警察官を辞めた今でも変わらない。

「そうなのか？」

和田は今井の顔をじっと見つめた。

「はい」

今井は大きく頭を上下させると、岡村に小さく会釈《えしやく》してみせた。

「政治家からの施《ほどこ》しは受けないということか。まあいいだろう。二人は下がって、休んでくれ。私は岡村さんと話がある」

和田は岡村を見ながら低い声で笑うと、二人の秘書を下がらせた。

「それでは、失礼します」

今井は深々と頭を下げて出て行った。川沼は軽く頭を下げながら、両腕を若干《じやつかん》前に出した。おそらく空手の高段者で、礼の癖《くせ》が抜けないのだろう。

「岡村さん、みっともないところを見せて失礼しました。最近、ちょっと苛立っていましてね」

和田は苦笑すると、岡村の前のソファーに座った。

「ひょっとして、川谷香理《かわたにかおり》代議士の件ですか？」

岡村は表情もなく尋ねた。

「なっ、何を」

和田は両眼を見開いた。

4・五月七日PM8：36

午後八時三十六分、和田代議士別荘。

広い応接間の空気が、張り詰めている。

岡村が五日前の五月二日に自動車事故で亡くなった川谷代議士の名前を出したところ、和田が凍《こお》りついたように呆然と立ち尽くしているのだ。

「和田代議士、あなたは川谷代議士の死について何かご存じじゃないんですか？」

岡村は落ち着いた声音で尋ねた。糾弾《きゅうだん》するつもりはない。

「いや、何も知らない。君は、どうして彼女の名前を出したんだね」

和田は首を左右に振ると、額《ひたい》の汗をハンカチで拭《ぬぐ》った。都心と違って標高が高いので、この時間屋外の気温は、十三度まで下がっている。とはいえ、室内は空調を入れるほどでなく快適な温度だが、和田は先ほどから汗を掻いているのだ。

「五役のあなたなら、お亡くなりになられた議員の死を悼《いた》んでいると思ったのです。他意はありません」

まずは和田を落ち着かせるべきだ。いきなり質問したのは、作戦ミスである。

「彼女はまだ若いのに可哀想《かわいそう》だと、私も思っている。彼女はストレス発散に夜中に一人でドライブすることがあったそうだ。心労が重なって精神状態が不安定だったと聞いている。それで、ハンドル操作を誤ったのだろう。ご主人も気落ちしていたよ」

和田は俯き加減に言った。川谷香理の夫である川谷規幸《のりゆき》も、衆議院議員を務めている。

「それよりも、代議士からのお話とはなんでしょうか?」

岡村は話を元に戻すべく、質問した。

「噂では、我が党のことが遠因で警察を辞める羽目になったと聞いた。だが、少なくとも、君の退職に私は関わっていないことは、はじめに言っておこう」

和田は、典型的な政治家である。自分がやましい人間ではないと言いたいのだろう。その上で、正論を話すつもりに違いない。最後は岡村を脅し、捜査活動を止めろとでも言うに決まっている。

「確かに圧力が掛かって退職しましたが、そんな上司に愛想が尽きたというのが本音です」

岡村は苦笑した。

「私は以前聞いていた君の噂と、今井から聞いていた人物像がかけ離れていて、正直悩まされた。だが、今井の言葉を信用することにした。それで、君に話というよりも相談をしたいと思ったのだ」

和田はポケットから赤い箱を取り出し、中からリトルシガーを取り出した。葉巻ブランド〝ダビドフ〟のミニシガリロ〝レッド〟である。本格的なシガー(葉巻)よりもリーズナブルであるが、コンビニで購入できる安いリトルシガーの数倍の値段がする高級品だ。

岡村はニコチン抜きの電子タバコに替えたものの今も愛煙家であるため、シガーには詳しい。

屋内が原則禁煙になった〝改正健康増進法〟が、二〇二〇年四月に全面施行された。だが、国会内には喫煙所が八十三箇所（二〇二一年二月現在）もある。先進国で喫煙に最も寛容《かんよう》な国と揶揄《やゆ》されている日本は、政治家が愛煙家だからというだけで自分の嗜好を阻害《そがい》されるような厳しい法律を作らないのだ。

また、コロナ禍の今、感染予防のために集団会食を禁じておきながら、それを平気で破っているのも政治家である。彼らは、国民の健康に無頓着《むとんちゃく》というより、国民の命を守ろうという意志は全くないのだろう。

「君は、どんな自由民権党の暗部を見つけたのかね？」

和田はレッドに火を点け、目を細めながら煙を吸い込んだ。

「私が得られた情報は、どれもこれも証拠がないので現段階でお話しするような内容ではありません」

岡村は小さく首を振った。

「確証を得たのなら、君は警察に通報するのかね？」

和田は脅しの材料に使うのかと聞いているのだろう。

「当然です。私はこれまでどんな捜査も正義を貫くためにしてきました。金のためじゃありませんから」

岡村は大きく頭を上下させた。

「正義か……政治の世界では、もはや死語かもしれないな。君は退職してからもなお我が党の関係者に接触し、捜査を続けている。信念がなければ出来ないことだね」

和田は何度も頷いてみせた。

「ご相談とおっしゃいましたが、どのような内容でしょうか？」

なかなか本題に入らない和田に岡村は苛立ちを覚えた。

「はぐらかしている訳ではない。それだけ切り出しにくいのだ。というか、私は直視するのが恐ろしく、あえて避けて通ってきた。ある意味、だからこそ、私は未だに政治家として生き残れているのかもしれない」

和田は出入口のドアを開けて廊下を覗いた。秘書が聞き耳を立てていないか、確認したらしい。

「私が長年調査している自由民権党関係者の不審死についてじゃないですか？」

岡村は待ちきれずに自分から切り出した。和田は岡村が何を調べているか知っているからこそ、呼びつけたに違いないからだ。

「……私が自由民権党員になり、政治活動をはじめてから三十八年になる。その間、党に不都合な人物が、何人も亡くなった。もちろん、持病が悪化というケースもあるのでなんとも言えないが、私の知りうる限りで不審死は五人いる」

和田は内ポケットから小さなメモ帳を出した。

「五人？」

岡村は小首を傾げた。

「二〇〇九年に総裁候補だった川中一昭《かわなかかずあき》議員が心臓発作で急死。二〇一一年の林義行議員は急性膵炎《すいえん》による急死。二〇一五年の嘉神幸紀《かがみゆきのり》内閣参事の転落事故死。二〇一六年の山中《やまなか》議員の公設秘書をしていた田野真司《たのしんじ》氏の自殺。二〇一八年の財務省職員の青木俊介《あおきしゆんすけ》氏の自殺。いずれも、党にとって危険な存在と認定された直後に死亡している」

和田はメモを読み上げた。

「それに、川谷代議士の事故死も入れれば、六人になりますね」

岡村は補足した。

「うーむ」

和田は腕を組んで唸った。

5・五月八日？・？・？

岡村は息苦しさに目覚《めざ》めた。

暗闇に横たわっている。感触からしてベッドの上らしい。

だが、最後の記憶は和田と応接間で話をしていたことだ。それに酷い頭痛がする。

「……どういうことだ」

岡村は後頭部に手を当てた。

「痛い」

手にヌルッとした感触がある。出血しているようだ。後頭部を強打されたに違いない。記憶が抜けているのは、脳震盪《のうしんとう》を起こしたからだろう。どれくらいの時間が経過したかは不明だが、気絶していたようだ。

ポケットを探ったが、スマートフォンがない。

「何っ！」

起き上がろうとしたが、下半身に力が入らない。というか、身体全体が痺れている感じだ。しかも、縛られているのか腰の辺りで引っ張られて身動きがとれない。

「むっ！」

岡村は眉間に皺を寄せた。焦《こ》げ臭いにおいがするのだ。火事かもしれない。

左手で腰の辺りを探った。指に細い紐《ひも》のような物が引っ掛かる。ズボンのベルト通しが釣《つ》りに使うテグスか何かで縛ってあるらしい。下手なロープで縛るより、丈夫だ。それに直接手足を縛れば肌に痕《あと》が残り、拘束《こうそく》していた証拠となる。

岡村は左手を突いて上半身を起こし、右手で右足首に巻いてあるシースからサバイバルナイフを抜いた。和田の別荘に呼ばれたので用意したのではない。岡村はこれまで、何度も暴漢に襲われている。そのため、外出する時は、常にジャケットのポケットにスタンガンと催涙《さいるい》スプレーを携帯し、足首にはサバイバルナイフを隠し持つようにしていた。ジャケットは着ていないので、まるごと取り上げられたらしい。

岡村はナイフで紐を切断すると足首のシースに戻し、ベッドから足を下ろした。下半身に力は入らないが、立てないというほどでもない。足を引きずるように歩き、ドアを開けた。

煙が充満し、廊下は火の海である。炎は猛《たけ》り狂い、天井まで届いていた。

「なんてことだ！」

岡村は慌ててドアを閉めた。廊下に出ればたちまち炎に巻かれ、有毒ガスを吸って死ぬだろう。

手探りで壁伝いに歩き、窓を探り当てた。

「くそっ！」

大きく舌打ちした。鍵が掛かっているのか開かないのだ。それに星明かりも見えないということは、外に鎧戸《よろいど》があるのかもしれない。手元も見えないのでは、何も出来ない。

岡村はベッドに戻るとシーツを引き剝がし、それを手にまた出入口のドアを開けた。天井をも焦がす炎にシーツをかざし、火を燃え移らせる。ドアを閉じた岡村は、シーツの火を松明《たいまつ》がわりに室内を見渡した。

十四畳ほどの洋室で出入口は一つ、窓は古い上げ下げ窓でノブが樹脂製の結束バンドで縛ってある。

「あっち！」

シーツの炎で結束バンドを焼き切り、シーツを床に投げ捨てた。

窓を上げて鎧戸の閂《かんぬき》を外して開き、下を覗いた。消防のサイレンが聞こえるが、近付いてくる気配はない。私有地に入って来られないように頑丈な門があった。そこを通れないのだろう。

「二階か……」

岡村は絶句した。周囲は煙に包まれているが、窓の一メートル下に庇が見える。記憶では三階の窓の下に庇はなかったはずだ。庇の瓦の隙間から煙が勢いよく吹き出している。建物は気絶している間にすっかり炎に包まれたらしい。ぐずぐずしていると脱出の機会を失う。和田や今井らを心配している暇はないのだ。岡村は腰高の窓から庇に出た。足の感覚は多少戻ってきた。危険な状況下でアドレナリンが体内を駆け巡っているのだろう。

「これは堪らん」

猛烈な煙に岡村は、咳き込んだ。視界が開けた場所を探そうと、庇を伝った。庭石の上にでも飛び降りて、大怪我するようなことは避けたい。数メートル先の庇が燃え崩れた。岡村は慌てて振り返ったが、背後の庇にまで燃え移っている。前後の行き場を失ったのだ。

壁にもたれ掛かった。壁はすでに熱くなっている。

「はっ！」

煙が風で流され、正面に木立が見えた。手前の大木は二メートルほど先にある。うまくいけば木に飛び移ることが出来るかもしれない。それに落ちたところで二階なら三メートルほどである。岩などに衝突しなければ、足首を捻挫《ねんざ》する程度ですむはずだ。

「ええい！」

両手を広げた岡村は、気合を入れて庇を蹴った。思ったより、力強く飛べた。

空中に躍《おど》り出た岡村は、木の枝に摑まった。幹に飛びつくつもりだったが、届かなかったのだ。下を見たが、地上まで距離がある。飛び降りたのは二階ではなく、三階だったらしい。

摑まっていた枝が折れた。

「わあ！」

悲鳴を上げた岡村は、なす術《すべ》もなく落下した。

ボスの不在

1・五月八日PM8：05

五月八日、午後八時五分、911代理店。

三階の食堂にマスクをした神谷《かみや》、貝田《かいだ》、外山《とやま》、尾形《おがた》、それに玲奈《れいな》が顔を揃《そろ》え、食卓テーブルを囲んでいた。

岡村が不在ということで、神谷が会社の同僚を招集したのだ。また、玲奈の力を借りる必要があったため、彼女が目覚めた後の都合に合わせた。

神谷の右隣りに貝田、正面に尾形、斜《なな》め前に外山が座っている。玲奈は食堂のカウンターのチェアーにテーブルを背に座っていた。神谷以外の三人は、玲奈対策の伊達《だて》眼鏡を掛けている。

玲奈は他人の視線を極端に嫌っており、目が合った途端、暴力を振るうことがこれまでもあった。それは、沙羅でも同じで、彼女の目を覗き込むような真似《まね》をすれば、自己防衛反応が働き玲奈に入れ替わるのだ。

神谷は入社当日に沙羅と目が合ってしまい、玲奈に替わった彼女に右パンチを喰らった。

今では彼女とも普通に会話ができるが、他の三人に対して玲奈は未だに攻撃的になる。付き合いは神谷より長いのだが、彼らに気を許していないらしい。

社内会議でもこれまで彼女だけWeb会議ソフトを使ってパソコンでの参加となっていた。だが、今回は彼女の方から会議に参加すると言い出したのだ。彼女にとって岡村は父親代わりなので、それだけ真剣ということなのだろう。

「昨日から社長と連絡が取れないが、結論から先に言うと、現段階で社長は行方不明だと断定していいだろう」

神谷は鎮痛な表情で言った。

「社長が伝言も残さずに外泊したことはないですし、スマホまで通じないというのもおかしいと思いますが、行方不明と断定するのは、ちょいと早いんじゃないですか？」

外山が腕を組んで首を傾げた。

「仮に、行方不明だとしてもどうするんだね。まさか、大の大人が、一日連絡がつかないからって警察に駆け込むことはできませんよね。もっとも、我々は警察に頼ることはありませんが。ああ、あなたは、別でしょうけど……」

思案顔の尾形が、慌てて口を塞いだ。普段は親しくしているが、前科者である彼らは元警察官である神谷をどこかでよそ者扱いしているのだろう。

「おまえら、ちゃんと神谷さんの話を最後まで聞け！」

眉間に皺を寄せた玲奈が振り返って睨みつけてきた。きれいな顔をしているだけに、冷酷な表情になる。

「ひっ!」

貝田が口を押さえて悲鳴を殺した。彼は玲奈に殴られて気絶したことがあるだけに本当に怖いのだろう。玲奈は実戦空手の段持ちである。貝田はこれまで三度、尾形は一度だが鼻を折られた。外山は細心の注意を払っており、まだ一度も殴られていない。

「順を追って説明しよう。昨日、偶然、社長が乗ったベンツを見かけて、ナンバーを控《ひか》え、運転手の顔写真を撮った」

神谷はスマートフォンにベンツを運転している男の写真を表示させ、テーブルの中央に置いた。

「さすがです。刑事の勘というやつですか?」

貝田が神谷に親指を立ててみせた。憎めない男だが、いつも少しずれている。

「昨日の朝、急に探偵課を新設し、担当するように言われた。それに社長は『少々、忙しくなりそうだ』とも言っていた。自分の通常業務を俺に振って、何か極秘の捜査を進めようとしているような口ぶりだった。その午後に黒塗りのベンツに乗っていたら、誰でも怪しむだろう。何か心当たりはあるか?」

神谷は貝田を無視し、昨日の朝食後の打ち合わせの件を話した。

「我々は、社長が警視庁とパイプがあることは知っていたけど、関わりたくなかったから、正直言ってよく知らないんだ」

尾形が肩を竦《すく》めた。彼は詐欺《さぎ》罪で二度服役しているが、未解決の事件に関わっていたという噂もある。可能な限り、警察とは関わりたくないのだろう。

「写真の男は、和田《わだ》代議士の公設秘書の今井将平《いまいしょうへい》。車は代議士所有のベンツだった。どっちも玲奈に調べてもらったんだ」

神谷は玲奈をちらりと見て言った。彼女は神谷が「さん」付けで呼ぶと怒る。だが、貝田らが呼び捨てにすることは許さない。なかなか難しいのだ。

「えっ！」

貝田らが同時に声を上げて、顔を見合わせた。

箱根にある和田の別荘が未明に火事になったというニュースが、朝から流れている。現場に向かった二台の消防車は、頑丈な鉄格子《てつごうし》の門が閉じられていたため、屋敷の敷地内へ入るのに時間が掛かった。消火活動が開始されたころには炎が屋敷を包み、手の施しようがなかったそうだ。

消防と神奈川県警が鎮火後に現場検証を行っているが、現段階で、火事で損傷した性別も分からない三つの死体を発見しているらしい。

「それじゃ、社長は火事に巻き込まれた可能性があるということですか？」

外山が両眼を見開いて尋ねた。

「それで、どうするんですか！」

貝田は身を乗り出した。ようやくことの重大性が分かったようだ。

「とりあえず俺は、箱根まで行く。貝田くん、ヘルプを頼めるか？　尾形さんと外山さんは、和田代議士の周辺を調査してもらえませんか？」

神谷は仲間の顔を順番に見た。

「私は？」

玲奈が前を向いたまま尋ねてきた。

「君は、和田代議士について自由民権党のサーバーを徹底的に調べてくれ」

神谷は玲奈の背中越しに言った。この中で彼女が一番成果を上げそうだ。

「サーバーから裏情報は得られないと思うけど」

玲奈は気が進まない口調で答えた。

「代議士や秘書官のメールアドレスを辿って、関係者の個人のパソコンを調べれば、何かしら情報は得られるはずだ」

「分かった」

玲奈はそのまま誰とも顔を合わせずに肩を怒らせて出て行った。神谷に怒っているわけではなく、岡村と連絡がつかないというどうしようもない状況に腹を立てているのだろう。

「我々も行くか」

尾形が外山の肩を叩き、急ぎ足で出て行った。彼らはすぐに動き出すだろう。二人とも裏社会と深く関わっているので、別の角度から情報を得られるはずだ。

「すぐに出かけますか？」

貝田が張り切っている。

「その前にすることがある。雅信《まさのぶ》、一緒に来い」

神谷は食堂の向かいの岡村の部屋の前に立った。貝田とは仲がいいので、二人だけのときには下の名前で呼ぶようになった。社員としては彼のほうが先輩だが、年下ということもあって弟分のようなものだ。

「どういうことですか？」

貝田は分かっているくせに聞いてきた。

「社長室を調べるんだ。ドアの鍵を開けてくれ。俺には開けられない」

神谷は腕組みをしてドアの前に立った。この八ヶ月、貝田の下《もと》で、ピッキング技術を磨いてきた。だが、それでも解錠できない鍵はある。貝田は社長室の鍵を社員たちの部屋の鍵とは違う、ピッキング対策した彼オリジナルの鍵にしたのだ。

「しかし、社長の許可なく入っていいんでしょうか？」

「馬鹿野郎。社長の生死に関わるかもしれないんだぞ。いいから開けろ。責任は俺が取る」

神谷は右手の人差し指で、ドアの鍵を指した。

「分かりました」

貝田は普段着と化している作業服のポケットからピッキングツールを出したが、振り返って神谷を見た。まだ躊躇《ちゅうちょ》しているようだ。

「やるんだ」

神谷はドアを掌《てのひら》で叩いた。

2・五月八日PM9:10

午後九時十分。

神谷は社長室である岡村の部屋のデスクを調べていた。

貝田は出入口のドアの鍵を開けたものの、室内には入らずに自分の部屋に戻っている。無断で侵入したことを咎められるのが嫌なのだ。前科があるため、犯罪に繋がるようなことは絶対したくないらしい。貝田は鍵を開けた後、ドアノブに付いた指紋を念入りに拭き取っていた。

貝田と外山と尾形の三人は、この会社に入るにあたって、岡村が作成した契約書にサインしたと聞いている。彼らの犯罪への誘惑を断ち切るためだろう。

他の部屋と同じで四十平米あり、ガラステーブルを挟んでレザーのソファーセットに岡村のデスク、壁際には書類棚と本棚が並んでいた。ラブホテル時代のキングサイズのベッドは片付けられ、シングルのベッドがパーティションの向こうに置かれている。

デスクの引き出しにあったものは、すべてガラステーブルの上に出した。領収書を月別に分けたクリアファイルや帳簿など、沙羅から上げられた経理の書類が多い。簡単に目を通したが、これといって怪しいものはない。デスクの引き出しは、会社の事務関係の書類を入れると決められていたようだ。

テーブルに広げた書類を下の二段の引き出しに順番に戻した。一番上は筆記用具や判子や鍵などが入っているが、関係なさそうなので調べていない。

書類棚は会社をはじめた五年前からの仕事の報告書が、年代と月別に並べてあった。簡単に目を通したが、貝田らの仕事のレポートである。

貝田らは和田代議士のことを知らなかった。これまでに彼らが代議士に関わるような仕事をしたとは思えない。それに、三つの課の資料はあるものの、岡村が引き受けた仕事の報告書や記録はないようだ。

また、沙羅に尋ねたが、報告書はデジタル化されていないそうだ。岡村は報告書を決まった書式で作成してメールで送るように社員に命じているが、それをプリントアウトしてバインダーに綴《と》じている。税務調査対策と言っているらしいが、単純に岡村がデジタル化を嫌っているからだろう。じっくりと調べるのなら、腰を据えて見る必要があるだろうが、今ではない。また、机の上にはノートＰＣとプリンターが置かれている。部屋に入った後、玲奈に岡村のパソコンを見るように頼んだところ、すでに調べたそうだ。回線経由でハッキングしてノートＰＣの中を覗いたが、手掛かりはなかったらしい。

書類棚の隣りの本棚は様々なジャンルの本があるが、一番多いのは鑑識に関する書籍で日本のものより洋書が圧倒的に多い。また、医学書もあるが、どれも捜査関係の知識を得るためのものだろう。書籍にメモ等が挟まっていないか調べたが、付箋すら発見できなかった。

「十時か」

神谷は腕時計で時間を確認して溜息を吐いた。午後十時七分になっている。岡村の部屋を調べたら、箱根に行くつもりだ。貝田を自室で待たせていた。本当はこの部屋の調査は外山らに任せたいが、彼らも貝田と同じで犯罪に繋がるようなことはしたくないというため、自分でやっているのだ。

他に調べるところはないか部屋を見回した。岡村の部屋は仕事部屋という感じで生活感はない。机や棚が整然と置かれていることもあるが、パーティションでベッドが見えないからだろう。

念のために神谷はパーティションをずらし、ベッド周辺を調べた。ベッドの下には衣装ケースが並べられており、ベッド傍にはスーツが掛けられたラックがあった。パーティションの内側は、岡村が質素に生活している様子が分かる。

「うん？」

神谷はパーティションの反対側の壁を見て首を捻った。岡村の部屋は三〇一号室で、その下の二〇一号室と貝田の一〇一号室も知っているが、なんとなくこの部屋は他の部屋に比べて狭く感じるのだ。

部屋を出た神谷は倉庫になっている三〇三号室に入り、道具箱からメジャーを出して二階に下りた。

二〇一号室に入り、出入口ドアから東側の奥の壁までの距離を測った。五メートル十センチある。再び岡村の部屋に戻り、出入口ドアから二〇一号室と同じ要領で寸法を測ると四メートル八十センチだった。

「三十センチ短いのか」

神谷は頭を掻くと、壁を叩いた。妙に軽い音がする。

「そういうことか」

壁の四方を探ると、下の方に僅《わず》かな出っ張りがあった。出っ張りの下に指を入れて上に引き揚《あ》げてみる。横三メートル、縦一メートル七十センチほどの壁の上部は、シャッターのように折り畳《たた》まれる構造になっているらしく、壁はすべて上に持ち上がった。

「なんだ？　これは……」

神谷は右眉を吊り上げた。三十センチ奥の壁に、夥《おびただ》しい資料が貼ってあるのだ。顔写真や新聞や雑誌の切り抜きなどで、古い資料は二〇〇九年まで遡《さかのぼ》ってある。捜査を進めるために情報を時系列に整理したのだろう。

「自由民権党関連だな」

神谷はスマートフォンで資料を分割して撮影すると、左端からじっくりと読み始めた。

「どれもこれも、不審死か」

新聞の記事は死亡を報じるだけの単純なものだが、雑誌は殺害されたとか暗殺だとか物騒なものまである。だが、死亡者に共通するのは自由民権党にとって不都合な存在になった人物ということだ。古い資料の年代から考えれば、岡村は現役の刑事時代から自由民権党を調べていたのだろう。党執行部の和田代議士から何か情報を得ようと、箱根の別荘に会いに行ったのかもしれない。

神谷は壁を元に戻し、部屋を出た。岡村の居場所を知る手掛かりはなかったが、彼が警視庁を退職した理由はなんとなく分かった気がする。それに、彼の悪い噂が流れている理由も想像がつく。岡村は権力に逆《さか》らったのだ。

自室に入って用意していたバックパックを肩に掛けると、階段を駆け下りて一〇一号室の前に立った。

「雅信。出かけるぞ」

神谷はドアを乱暴に叩いた。

3・五月八日PM10:40

午後十時四十分、箱根仙石原。

岡村はとある別荘のリビングのソファーに横になっていた。持ち主は知らないが、少なくとも二ヶ月以上使用されていないことは家具に積もった埃の具合で分かる。

十八畳あるリビングはソファーセットに五十インチのテレビがあり、八畳のダイニングキッチンと繋がっている。建物は古いが、造りは妙に豪華だ。おそらく一九八〇年代のいわゆるバブル絶頂期に建てられたのだろう。

「腹が減ったな……」

岡村は足を床に下ろして呻《うめ》き声を上げた。

燃え盛る屋敷の三階から窓に近い立木に飛び移った。なんとか枝に摑まったのも束《つか》の間《ま》、枝は折れて岡村は数メートル落下し、左腕を骨折した。息をする度に脇腹が痛むので、肋《ろっ》骨《こつ》も折れているようだ。

岡村は屋敷から脱出したら、現場に駆けつけてきた消防隊に助けを求めるつもりだった。一時的に放火の疑いは掛けられるかもしれないが、後頭部を負傷しているので、疑いは長く続かないだろう。だが、脱出後に冷静になって考えたら、マスコミに晒《さら》されるリスクが浮かんだ。生きていたと知られれば、当然、再び命を狙われるはずだ。

消防隊に発見されるのを避けて森を抜けると、山道に出た。新型コロナの影響で都会から別荘地に避難するオーナーも多いそうだが、周辺の別荘は灯りも消えて静まり返っている。岡村は慎重にセキュリティシステムがない無人の別荘を探した。

気温は十三度と冷え込んでいる。和田の別荘から四百メートルほど移動して適当な別荘を見つけると、裏口のガラス窓を割って侵入した。ピッキングツールを持っていなかったこともあるが、寒さに加えて負傷した腕と脇腹の激痛に耐えられなくなったのだ。

別荘に入るとすぐに、非常用ライトを探した。ブレーカーを上げて電源を入れれば、近所の住民に知られてしまうからだ。玄関近くで非常用ライトを見つけたが、電池は切れていた。その代わり、靴箱にあった蠟燭《ろうそく》とマッチで灯りを点けた。

次に探したのは、ラップである。別荘は無人でも最低限の台所用品は置いてあるものだ。岡村は、シャツを脱《ぬ》いで上半身裸になると、台所で見つけたラップを脇腹に何重にも巻いた。下手《へた》に包帯で巻くより、しっかりと固定できる。また、傷口に巻いても意外と治りは早い。

脇腹の処置を終えると腫《は》れ上がった左腕を水道水で冷やした後、ラップを巻いた。薬はないか探したところ、胃腸薬と鎮痛薬が、洗面所に置いてあった。あまりの痛みに鎮痛剤を二錠ではなく、四錠飲んだ。

食料は電源が切られた冷蔵庫にマヨネーズとケチャップを見つけたが、食べ物はなかった。この別荘のオーナーは、夏のハイシーズンの時だけ来るのかもしれない。

やっとの思いで立ち上がると台所まで歩いて行き、シンクの蛇口から直接水を飲んだ。

岡村は再びリビングに戻り、ソファーにゆっくりと腰を下ろした。和田代議士に会うことは、会社の誰にも告《つ》げなかった。捜査対象は、殺人を生業《なりわい》としている可能性もあるだけに誰にも関わらせたくなかったのだ。だが、せめて神谷に話しておくべきだった。

このまま隠れていても始まらないが、ちゃんと動けるようになるにはまだ一日掛かるだろう。

期待してはいなかったが、この別荘に固定電話はなかった。後頭部を殴られた際に、スマートフォンも財布も盗られている。会社に電話も掛けられないのだ。とりあえず、怪我の応急処置はできた。だが、岡村を襲って和田の別荘に火を点けた犯人が、周辺にまだいる可能性がある。

「どうしたものだ」

岡村は天井を見つめて絶句した。

4・五月九日AM0：15

零時《れい》十五分。

神谷の運転するジープ・ラングラーは、仙石原に到着した。

和田代議士の別荘は、別荘街の外れにある林道を抜けた先にあった。立派な正門に規制線のテープが張られ、そのうえ、チェーンロックが掛けられている。

神谷は門から五十メートル手前で車道を外れ、木々をかき分けて道無き道を進んで車を森の中に停めた。社用車がジープ・ラングラーというのは珍しいが、会社名でもある〝911〟ダイヤルのレスキューというイメージから四駆にしたそうだ。仕事の内容からすれば、ワンボックスカーや無難なセダンの方が適していると疑問に思っていたが、その足回りの良さに納得した。

「警察はいないようですね」

車から降りた貝田が周囲を見回しながら、ポケットからハンドライトを出した。

「ライトは点けるなよ」

神谷は貝田の手を摑んで注意した。

「でも、真っ暗ですよ」

貝田が苦言を呈した。

「ライトの光は、結構遠くからでも視認できる。火災現場にライトがちらついたら、火事場泥棒と勘違いされるだろう。これを使え」

神谷はバックパックから二つのデジタル暗視単眼鏡を出して渡した。外山から借りたのだ。依頼主の会社や自宅のセキュリティを夜間に調査するために、この手の道具は彼に頼めばなんでも揃う。暗闇で二百メートル先までクリアに見ることができる。その上、ビデオ撮影できる優れものだ。

「そうか、これって、外山さんのですよね。カッコいい！」

貝田は妙に感心している。この男は根っからの機械オタクで、爆弾作りもその延長線上にあったらしい。

「行くぞ」

暗視単眼鏡の電源を入れた神谷は、和田代議士の別荘に向かって歩き始めた。

数分後、別荘のフェンスを乗り越えた神谷と貝田は、屋敷の焼け跡の前に立った。

三階建てだったらしいが、木造建築だっただけに三階と二階部分はほとんど燃え崩れていた。周囲は焼け跡独特の鼻を突く異臭がする。

「八日の早朝から日が暮れるまで、消防と警察が現場検証をしたらしい。燃え跡から、一部炭化した三つの焼死体が発見されたそうだ。和田の事務所では、和田代護士と公設秘書の今井の行方不明届が出されている。第三の死体の身元は分かっていない。あの社長が簡単に死ぬとは思えない。火事に遭遇したとしても脱出した、最悪の場合は拉致されたと俺は思っている」

神谷は淡々と言うと、ライトが外に漏れないようにバックパックの中で自分のタブレットPCの電源を入れた。起動した画面をタップし、和田の屋敷の設計図を表示させた。三年前に屋敷は改修工事を行っており、工事を請負った業者のサーバーを玲奈がハッキングしたのだ。建物は、築三十五年と年季が入っているが、改修するために業者が新しく設計図をデジタルで書き起こしたらしい。

「珍しい建築物だ。いや、だった」

神谷は設計図を見て頷いた。

「こんな焼け跡を見て、分かるんですか？」

貝田は怪訝な表情で尋ねた。

「設計図だ。これは明治時代に流行《はや》った擬洋風建築を真似ていたらしいな。結構バブリーな建物だったようだ」

神谷は改めて焼け跡を見た。一階の窓枠が残っており、日本ではあまり見かけない鎧戸が付いている。擬洋風建築とは、幕末から明治初期に日本の大工が、従来の木造建築技術に西洋建築の特徴を盛り込んで建てた建築物である。

「バブリーって、なんですか？」

三十代前半の貝田が首を傾げている。

「俺が生まれた八〇年代は、日本の経済は異常な好景気、いわゆるバブル状態だったそうだ。だが、小学校に上がる頃にはバブルがはじけて不況になった。俺は両親の都合で海外で生活していたから実感はないがな。この建物は、一九八六年に建てられたようだ」

父親が商社に勤めていたために英国やフランスに住んでいた。語学力は幼少期に自然と鍛《きた》えられたのだ。

「すごいっすね。私は、生まれた時から不況でしたから」

貝田は暗視単眼鏡で焼け跡を見ながら軽い調子で言った。適当に話を合わせているのだろう。

「火元は少なくとも一階じゃなさそうだな。一階はしっかりと焼け残っている。発見された死体は、性別が分からないほど損傷しているらしい。とすれば、火が上がった時点では亡くなった三人の人物は、二階か三階にいたのだろう」

神谷は開け放たれた裏口を見つけると、中に入った。途端に強い異臭が鼻を刺激する。

「やはりそうだ。一階は煤《すす》だらけだが原形を留めている。二階から上が火元だな。設計図通りなら、上の階にキッチンや風呂場はない。失火の原因はなさそうだ。消火が始まった時には、手遅れだったというから、燃焼促進剤が使われた放火に間違いない」

神谷は暗視単眼鏡で、周囲を見ながら言った。できれば、二階にも上がりたいと思っていたが、階段はあるものの二階の床が抜け落ちているので諦めた。

「神谷さんは、火事の現場検証の経験もあるんですね」

貝田は感心した様子で付いてくる。

「買い被り過ぎだ」

神谷は苦笑すると、建物の外に出た。どんな現場でもそうだろうが、捜査は経験が物を言う。神谷は元来持っている鋭い観察眼で、現場を分析したに過ぎない。捜査一課の刑事なら、現場を見ただけでもっと情報を得られたはずだ。

「……！」

神谷は貝田の襟首《えりくび》を摑んで腰を落とした。

「どっ……」

驚いた貝田の口を神谷は手で塞いだ。

「誰かいる。じっとしていろ」

建物の壁を背にした神谷は、小声で言った。十二時方向の木立の陰に人が隠れている。

「野次馬じゃないですか？」

貝田も暗視単眼鏡で確かめたらしい。

「連中は暗視スコープを装着している。それに一人や二人じゃない」

神谷は周囲を見回しながら言った。八時、十時、十四時の方向にも人が隠れている。彼らは暗視スコープ付きのヘッドセットを装備していた。

「けっ、警察ですか？」

貝田が暗視単眼鏡を手にきょろきょろとしている。

「警察が暗視スコープを使うか。何者かは分からないが、俺たちを監視しているのかもしれない」

神谷は隠れている連中の様子を窺《うかが》った。彼らの暗視スコープは明らかに神谷らの方を向いている。襲うつもりなら、とっくに仕掛けているはずだ。

「どうしますか？」

貝田はこれ以上小さくなれないほどに身を屈《かが》めながら聞いた。

「退散するか、このまま調査を続けるかのどちらかだ。だが、出直すつもりはない」

火事から岡村が脱出できていたとしても、負傷した可能性は大いにある。時間はないのだ。

「連中の気が変わって襲ってきたらどうしますか？」

貝田は腕力に自信はないらしい。

「四、五人は相手ができるだろう。おまえは、俺の後ろにいろ。足を引っ張るなよ」

神谷は苦笑した。柔道三段、剣道三段、実戦空手四段、また、複数の武道を組み合わせた日本の警察機関や自衛隊などで採用されている逮捕《たいほ》術は、最高位の上級の腕前である。SATの隊員の時に格闘技の訓練は毎日行われた。さらにスカイマーシャル時代に過酷な訓練で鍛え上げた格闘術は、体に染み込んでいる。

神谷は立ち上がると、三時の方角に歩きはじめた。

木立の陰に隠れている連中が一斉に動き出す。無線で誰かが指示を出したのだろう。だが、襲ってくる様子はない。

「どうしますか？」

貝田が背中越しに尋ねてきた。

「周囲を調べながら建物を一周して、一旦ジープ・ラングラーに戻る。敵が仕掛けてくれば、相手になってやる」

神谷は神経を集中し、敵の動きを読みながら歩く。

「だっ、大丈夫ですか？」

貝田が神谷の背中にくっつくように歩いている。

「俺の傍を離れるなよ」

神谷は声を押し殺して言った。捉《とら》えた気配は五つある。左右で距離を保っているが、いずれも凄まじい殺気を放っていた。一人なら対処できるかもしれないが、貝田が一緒ではとても闘いきれない。この場は接触を避けるべきだ。

二人は焼け跡を時計回りに進んで一周すると来た道を戻り、フェンスを飛び越えてジープ・ラングラーに戻った。敷地内の不審者たちは、フェンスを越えることはないようだ。

「助かりましたね」

助手席に座った貝田は、安堵《あんど》の溜息を漏らした。

神谷は車をバックさせ、森を抜け出る。林道を戻り、別荘街に出た。

「どうかな」

バックミラーを見た神谷は、鼻先で笑った。ライトを消した車が映ったのだ。

5・五月九日AM0：40

零時四十分、箱根仙石原。

岡村は、谷から吹き下ろす、北西の冷たい風に吹かれながら山道を歩いていた。新たな無人の別荘を探している。食料があればということもあるが、古い別荘なら固定電話があるかもしれないという一縷《いちる》の望みに懸けているのだ。警察は敵と繋がっている可能性を否定できない以上、頼ることはできなかった。

気温は十二度と相変わらず骨身に染みる寒さだ。最初に忍び込んだ別荘で負傷した腕と脇腹の応急処置をし、鎮痛剤も飲んだのでかなり楽になった。また、一階の納戸にレインパーカーがあったので拝借して着ている。風は防げるが寒さは凌《しの》げないため、先ほどから震えが止まらない。

右手に別荘に通じる小道がある。最初に忍び込んだ別荘から三百メートルほど移動しており、めぼしい別荘を見つけては無人かどうか確認している。この辺りの別荘の住人は公共の交通機関を利用することはない。敷地内に車がなければ、無人と判断しても大丈夫だろう。すでに三軒調べて二軒の別荘に車が停めてあり、残る一軒に侵入したが電話はなかった。

小道に沿って進むと、木立に囲まれた二階建ての別荘が建っている。車は停まっていない。前の別荘から、持ち出した蠟燭にマッチで火をつけた。持ち歩けるように、アルミ箔を巻いてある。

距離を取って周囲を歩き、建物を観察した。窓枠を丹念に調べたが、保安システムはないようだ。

正面玄関のドアにアイスピックを差し込んだ。前の別荘の台所で見つけ、包丁用の砥石《といし》で平たく加工したものだ。それとは別にデザート用の小さなフォークがあったので、柄の部分を加工してピッキングツールを作っている。

ピッキングの技術は、貝田にみっちり仕込んでもらった。他の社員もそうだが、持っている技術を世の中の役に立てるという条件で前科者の彼らを雇《やと》っている。彼らから技術を教わることも雇用契約のうちだった。

だが、岡村はボランティアではない。彼らの自立だけでなく自分の捜査に利用するという目的もあって彼らの保証人になっているのだ。貝田らに岡村の捜査の手助けをさせることもあるが、彼らはその目的を知らない。教えないことで、彼らを守っているのだ。

「ふう」

鍵を外してドアを開けると、短く息を吐いた。警報装置が付いていないことは分かっていたが、それでも心拍数は異常に高くなっている。元警察官だっただけに、不法行為には強い罪悪感を覚えるのだ。

「うーむ」

岡村は首を横に振った。

玄関の片隅にサンダルが揃えて置いてあるのだ。念のために腰を落として靴箱を覗いてみると、埃を被った女性用の革靴と運動靴があった。それ以外の履物《はきもの》はない。運動靴もそうだが、革靴のデザインからして年配の女性の物だろう。だが、サンダルは埃を被っていない。

元刑事の勘というのなら、八十歳前後といったところか。そんな年配の女性が一人で住んでいるとは思えないが、顔でも見られたら困る。

「おっ」

岡村はにやりとした。三和土《たたき》から上がって正面の壁際に電話台があり、その上に今時珍しい黒電話が載っていることに気が付いたのだ。受話器を取ると、「ツー」という発信音が聞こえる。

「ごめんください。夜分恐れ入ります」

意を決した岡村は声を張り上げた。勝手に使って見つかっては、言い訳の仕様がない。それよりは堂々と電話を借りるべきだと判断したのだ。誰もいないとしても、断りを口にした分だけ気兼ねなく使える。

「すみません。どなたか、いらっしゃいますか？」

何度か呼びかけたが、岡村の声が響くだけである。建物は黒電話と同じでかなり古い。身を乗り出して廊下《ろうか》を覗き込むと、右側は引き戸が閉じられている。リビングか台所でもあるのだろう。左側の突き当たりに階段があり、腰高の木の扉が設けられていた。オーナーは犬でも飼っているのかもしれない。

「失礼しますよ」

岡村は蠟燭を靴箱の上に立てると、靴を脱いで廊下に上がった。屋内は依然静まり返っている。再度周囲を見回した岡村は黒電話の受話器を取り、ダイヤルを回した。今の時間帯で確実に起きているのは彼女だけだ。

――誰？

玲奈のいつもの冷たい声である。見知らぬ電話番号に警戒《けいかい》している様子はない。ただ、自分の仕事を中断されて不愉快《ふゆかい》なだけなのだろう。

「私だ」

――社長！　今どこ！　生きているの？

玲奈が、金切り声になった。珍しく狼狽《うろた》えているようだ。

「箱根の仙石原の和田代議士の別荘の近くだ。……いっ」

岡村は背後に気配を感じて振り返り、危うく受話器を落としそうになった。浴衣《ゆかた》姿の年老いた女性が、立っているのだ。年齢は八十歳前後、背中がやや曲がっているが、化粧《けしょう》でもしているように肌が異常に白い。一瞬、幽霊かと思ったのだ。階段と反対側に寝室があったらしい。身繕《みづくろ》いしていて、出てくるのに時間が掛かったのかもしれない。

玲奈が怒鳴り声を上げている。

――社長！　どうしたの！

「なんでもない。少し待ってくれ」

岡村は受話器を手で押さえ、女性に頭を下げた。

「重雄《しげお》さん、今帰ってきたの？」

女性は唐突に尋ねてきた。寝ぼけているのかもしれない。

「重雄？」

岡村は首を捻った。

「今日も園子《そのこ》さんは、来ないのね」

女性は首を横に振ったものの、すぐに笑顔になった。彼女は岡村をちゃんと見ているはずだが、誰かと間違えているようだ。岡村が重雄という人物と似ているのかもしれないが、女性は痴呆《ちほう》症なのかもしれない。

「すみません。ちょっとお待ちください。電話を掛けた後でお話しします」

岡村も笑みを浮かべて、後ろの引き戸を指差した。部屋に戻って欲しいのだ。

「はいはい。あなたの好きなおはぎでも作りましょうかね」

女性はいそいそと突き当たりの引き戸を開けて入って行く。照明が点いた。リビングダイニングのようだ。奥にキッチンが見える。完全に岡村を重雄という人物だと思い込んでいるらしい。

「待たせた。神谷君に迎えにきてくれるように伝えてくれないか」

岡村は女性を気にしつつ玲奈に言った。

——和田代議士の別荘に向かったわ。会わなかったの？

「私は火事から脱出して、別の別荘に隠れていたんだ。命を狙われたから、警察にも消防にも頼れなかった。尾行に注意するように、神谷君に伝えてくれ」

岡村は別荘の場所を説明すると電話を切った。女性に一言礼を言ってから帰ろうと、リビングダイニングに入る。

「こっ、これは……」

岡村は部屋に入って絶句した。リビングと思われる部屋のそこかしこに夥《おびただ》しい食料品の箱が積み上げられている。だが、半分以上は空箱で、台所には野菜が入ったカゴが置かれているが、腐っている物もあった。

「お母さん、お買い物とか、外出されることはあるのですか？」

岡村は優しく尋ねた。

「何を言っているの、重雄さん。あなたが、いつも食料を届けてくれるんじゃないですか。おかげで、私は家を出なくてすんでいるでしょう？　それに、外は熊が出るから危ないと言ったのはあなたよ」

女性は振り返ると、首を傾げた。彼女はほとんど家から出たことがないらしい。

「だから……」

岡村は腕を組んで唸った。

午前一時五十分、一旦箱根を離れていた神谷は、ジープ・ラングラーで再び仙石原に入った。

和田代議士の別荘の焼け跡を出てからずっと尾行されていたため、離れざるを得なかったのだ。尾行があまりにもしつこいので神谷は西に向かって走り、御殿場《ごてんば》署の駐車場に乗り入れた。それでも、彼らは裾野《すその》バイパス沿いに車を停めて動こうとしない。仕方なく神谷は貝田を伴い、警察署に入った。

深夜の来訪に夜勤の警察官は怪しんだが、車の調子がおかしいので修理できる場所はないかと尋ねた。単なる時間稼ぎである。対応した警察官は親切なことに周辺の自動車整備店を調べてくれたが、どこも営業しておらず、最後にJAFを紹介してくれた。

二十分ほどして署を出ると、思惑《おもわく》通り尾行車はいなくなっていた。念のために神谷は一旦芦ノ湖《あしのこ》まで行って大回りして仙石原に戻ったのだ。

「ここだな」

神谷はスマートフォンの地図を見ながら小道に左折し、木立に囲まれた二階建ての別荘の前で停まった。玲奈から岡村の居場所を聞いており、尾行をまいた上で訪ねるように言われている。

神谷は貝田を小道の角で見張りに立たせると、別荘の玄関のドアをノックした。

「よくきてくれた」

岡村が別荘のオーナーと思われる女性と一緒に出てきた。負傷した岡村を匿《かくま》ってくれた奇特な人物らしい。

「ご無事で何よりです」

神谷は笑顔で岡村と握手をした。

「お母さん、一緒に行きましょう」

岡村は女性の腕を取って、ジープ・ラングラーの後部座席に乗りこんだ。

「えっ？」

しばし唖然とした神谷だったが、やがてはっとしたように岡村を追った。

不可解な死

1・五月九日AM9：20

五月九日、午前九時二十分、911代理店三階食堂。

左腕にギプスを嵌《は》めた岡村《おかむら》が、カウンターを背にして椅子に座っていた。知り合いの整形外科に頼んで開業前に診察《しんさつ》を受けて先ほど戻ってきたところだ。

テーブルを挟んで神谷《かみや》、貝田《かいだ》、外山《とやま》、尾形《おがた》が席の間隔《かんかく》を空けて座っていた。もちろん全員マスクをしている。

「遅くなりました」

マスク姿の沙羅《さら》が、小走りに食堂に入ってきた。

途端に貝田と外山と尾形が、玲奈《れいな》対策用の樹脂製の伊達眼鏡を掛けた。レンズ部分がルーバーのようになっていて、相手側からは瞳が見えない仕組みである。貝田がイヌイットのサングラスにヒントを得て考案し、3Dプリンタで作り上げたそうだ。マスクでレンズが曇《くも》ることもなく使用感は悪くないらしいが、実に滑稽《こっけい》である。

「君たちにはこれまで黙っていたことがある。私が警視庁を辞めた理由は、自由民権党の捜査が原因なのだ」

沙羅が食堂の隅の椅子に座ると岡村が口を開き、警視庁時代の話から説明した。

「とすると、今回の事件は、これまでしてきた社長の捜査が関わっている可能性があるんですか？」

岡村の話が一通り終わると、尾形が尋ねた。

「和田《わだ》代議士は、お互い情報交換しようと私に持ちかけてきた。自由民権党で起きている不審死の謎を解明し、党内の腐った部分を切除するとまで彼は言っていた。私に頼るぐらいだ。彼も長年悩んでいたらしい」

岡村は大きく頷いた。

「社長、水臭いじゃないですか」

外山が貝田や尾形らの顔を見て言った。三人とも入社してから二年以上経つので、岡村との付き合いも長い。

「すまない。そのうち話そうと思っていたが、敵が危険な存在だけに躊躇していたのだ」

岡村は頭を下げた。

「今後は、我々も捜査に関わらせてもらえるんですよね？」

それまで黙っていた神谷が尋ねた。

「君らの能力に応じて臨機応変に協力してもらうつもりだ。だが、社を挙げて取り組めば、全員の命が狙われる可能性もある。慎重に進めたい。当面は、神谷君が中心になって動くことになると思う」

岡村は神谷を見ながら言った。

「ひょっとして、最初からそのつもりで神谷さんをリクルートしたんですか？」

貝田が神谷と岡村を交互に見て言った。

「結果的にはそうなった。神谷くんを知るきっかけは訳ありでね。だが、優秀だと分かったから迎え入れた。なぜなら、この会社は少数精鋭のエキスパート集団だ」

岡村は貝田に鋭い視線を浴びせながら答えた。情報屋とはいえ、まさかヤクザの紹介とは、さすがに言えないだろう。

「捜査の具体的な目的は、自由民権党を調べることですか？」

貝田はにやけた表情で尋ねた。少数精鋭と言われて気を良くしたようだ。

「自由民権党は、暗殺を請け負う闇の集団と付き合いがあるようだ。その存在を知るのは、一部の党幹部だけだろう。それが誰だか調べあげたい。それに、闇の集団とは一体何なのか、暴く必要がある。私は便宜的《べんぎ》に〝リーパー〟と呼んでいる。神谷君と貝田君が、和田代議士の別荘の焼け跡で数人の怪しい集団と遭遇したらしいが、おそらくそれが〝リーパー〟だったのだろう」

岡村は神谷を見て頷いた。感想でも聞かせろという意味だろう。ちなみに〝リーパー〟は死神という意味だ。

「連中は、素人ではありません。統制が取れており、軍事訓練を受けたか、元軍人かもしれませんね。装備も半端《はんぱ》じゃありませんし、個々の能力も高いと感じられました」

神谷は数人なら簡単に倒せると思っていた。だが彼らから凄まじい殺気を覚え、ただものでないことを察したのだ。

「神谷君がそういうのなら間違いないだろう。〝リーパー〟は、人を自殺や自然死に見せかけて殺害するのを得意としている。生半可《なまはんか》なことでは正体を現さないだろう。大物の代議士でさえ、火事に見せかけて殺害する非情な連中だ。だから、私は傷が癒えるまで、会社から一歩も出ない。当分の間、彼らには私が死んだと思わせておくつもりだ。それから、神谷君は大丈夫だろうが、他のメンバーは外出する際に催涙スプレーとスタンガンを携帯するようにしてくれ。身を守る最低限の装備は持ち歩いて欲しい」

岡村は厳しい表情で言った。

「それで、私は何をすればいいのですか？」

神谷は自分を指差した。

「五月二日に、自動車事故で死亡した川谷香理《かわたにかおり》代議士の事件を洗ってくれ。それから、外山君、会社のセキュリティレベルを上げてくれ。以上だ」

岡村は神谷と外山を順番に指差した。捜査についての話は終わったらしい。

「ところで、社長がお連れしたお客様は、どなたですか？」

貝田は上目遣いで尋ねた。夜中に会社まで連れてき女性を、彼が空き部屋の三〇六号室に案内している。

「事情がありそうでね。放っておくことはできなかったのだ。その件は、どうなったのかな？」

岡村は反対側の壁際に座っている沙羅に顔を向けた。彼女に調べさせていたのだ。

「彼女は北岡冴子《きたおかさえこ》、七十七歳、身寄りは横浜《よこはま》在住の長男北岡重雄《しげお》です。彼は医療関係の仕事で先月の二十一日からイギリスに行っていました。ところが、出張先のロンドンで新型コロナに感染し、現在は入院しています。箱根の別荘は、冴子さんの所有で、十四年前から住んでいるそうです。近所の別荘の住人に電話で聞いたところ、二年前から冴子さんは老人性の痴呆症になったらしく、何度か近所で道に迷ったところを保護されたそうです」

沙羅はいつものようにゆっくりと丁寧に報告した。会社に戻ってきた時には玲奈は眠ったあとだったので、沙羅に頼んだのだろう。インターネットだけでなく、様々なところに電話を掛けて聞いたに違いない。

「どうりで、あの箱根の別荘にある食品は、缶詰を除いて賞味期限が切れていたわけだ。それに二階は使えないように階段は封鎖されていた。階段から落ちたら大変だからな。やはり、痴呆症を患《わずら》っていたのか。重雄さんには園子《そのこ》という奥さんがいるはずだが」

岡村は何度も頭を上下に振った。

「園子さんとは、一年半前に離婚されています。二人に子供はいません。重雄さんは、出張される前に毎週別荘まで食料を届けていたようです」

沙羅は丁寧だが、淡々と答えた。

「それじゃ、誰が、重雄さんの出張中に、冴子さんの面倒を見ることになっていたんだ？」

岡村は首を傾げた。

「そこまでは分かりませんでした。すみません」

沙羅はゆっくりと首を横に振った。

「何か不都合が起きたのかもしれないな。引き続き、調べてくれ。重雄さんが帰国するまで、冴子さんを我々で面倒を見る他なさそうだな」

岡村は社員の顔を順番に見回した。

視線が合った神谷は、肩を竦《すく》めた。外山は天井を見上げ、尾形は表情を硬くし、貝田はそっぽを向いた。

「貝田君、君が担当になってくれ。私は〝リーパー〟を追わなければならないしね」

岡村は貝田を指差した。

「えっ、ええ！　私ですか、勘弁してくださいよ」

立ち上がった貝田が、神谷の肩を摑んだ。助け舟を求めているのだろう。

「それじゃ、私は捜査に出かけます」

神谷はさりげなく貝田の手を振り払って席を立った。

2・五月九日AM11：50

午前十一時五十分、木更津《きさらづ》市。

ジープ・ラングラーのハンドルを握る神谷は、アクアラインの渋滞を抜けて国道四〇九号を東に向かっている。

アクアラインでは窓を閉め切っていても、車内がなんとなく排気ガス臭くなった。閉所恐怖症ではないが、薄暗いトンネル内の渋滞は息が詰まってストレスが溜まる。

エアコンを切って窓を全開にした。

「気持ちいいなあ」

神谷はドアに肘《ひじ》を掛け、片手でハンドルを握った。

気温は十九度、周囲に遮《さえぎ》るものはなく、空は青く澄《す》んでいる。アクアラインの渋滞が嘘のように道路は空《す》いていた。

岡村から、五月二日に自動車事故で亡くなった川谷香理参議院議員を調べるように命じられた。特に何について調査しろとも言われていない。神谷の自由な裁量で進めればいいということだ。先入観なく調べて欲しいということもあるのだろうが、単なる自損事故なのか暗殺なのか調査する必要がある。

香理は、鳥取県の井川《いがわ》家の長女として一九七八年に生まれた。井川家は代々鳥取市の大地主でゴルフ場も所有している大金持ちだ。香理は地元の高校を普通の成績で卒業し、都内の女子大学の教養学部を出ている。卒業後、就職はせずに帰郷し、父親のゴルフ場に幹部として勤めた。

父親は、一般人と同じ環境に箱入り娘を入れるつもりはなかったらしい。だが、名ばかりの幹部ではなく、香理は毎日出勤していたと週刊誌には書かれていた。

香理はゴルフ場の専務にまでなったが、一九九七年に父親の知り合いの紹介で衆議院議員の川谷規幸《のりゆき》と見合いをし、翌年結婚している。

夫の規幸は一九六八年生まれで勝浦《かつうら》市出身。実家は貧乏《びんぼう》だったが、規幸は成績優秀で奨《しょう》学金《がくきん》を得て有名私立大学の法学部を卒業している。

学生時代から政治に目覚めていた規幸は、就職せずに木下《きのした》政経塾に入塾し、卒業後故郷に帰って一九九一年に千葉県議会議員に当選した。千葉県議は二期務め、一九九六年の衆議院議員総選挙に立候補して初当選している。以来、衆議院議員として七選しており、法務大臣の経験もあった。

香理は選挙の度《たび》に夫の選挙区で応援演説をするなど、精力的に働いた。物怖《ものお》じしない性格で、人前に立つことは苦にならなかったらしい。規幸は妻の香理に政治家としての資質を見出し、彼女を自分と同じように千葉県議会議員に立候補させた。夫の知名度もあるが香理は美人ということもあり、選挙の花ともてはやされて二〇一一年に初当選している。県議会議員を二期務めたところで、香理は夫と同じ選挙区で二〇一九年の参議院選に立候補した。選挙では、新人ながら自由民権党の執行部からも応援が大勢駆けつけて当選している。

だが、党本部から一億五千万円もの選挙資金が振り込まれ、それを不正に使用したと週刊誌に取り沙汰された。以来川谷夫婦はマスコミに追われる日々を送っていたのだ。神谷は会社を出る前に、一時間ほどインターネットのニュースサイトから香理の情報を得た上で会社を出ている。

首都圏中央連絡自動車道を下りて大多喜街道に出た。この道を香理は深夜にドライブして事故を起こしている。とりあえず、事故現場まで行ってみるつもりだ。

「さて、どこから手を付けるか」

神谷はダッシュボードのホルダーに挟んであるスマートフォンを見て呟《つぶや》いた。先ほど沙羅から、メールが二通ほど届いている。彼女が自分で調べた香理の情報を送ってくれているのだ。彼女は玲奈と違ってハッカーではないが、検索ソフトを使って情報を引き出すことがうまい。

十五分ほど走って山道を抜けると田畑がある農村の風景となり、視界が開けた。五百メートルほど進むと、食事処という看板を皮切りに、幾つかの小さなレストランの看板が目に飛び込む。どの店もチェーン展開している店ではなさそうだ。

速度を緩《ゆる》めて悩んだが何軒か通り過ぎてからUターンし、最初に見つけた〝食事処　あすなろ〟の駐車場に車を入れた。時刻は十二時四十分とまだ昼飯時である。駐車場には軽トラと軽のミニバンが停められていた。

店は二十坪ほどの平家で、民家を改装したような造りである。

玄関のような引き戸を開けて中に入った。四人席のテーブルが六卓あり、先客は作業服を着た三人の男である。一つのテーブル席に座っているので、同じ会社に所属しているのだろう。

「いらっしゃいませ」

七十歳前後の女将《おかみ》らしい女性が、品よく出迎えてくれた。カウンターの向こうの厨房《ちゅうぼう》では、七十代半《なか》ばの頭のはげた男性が包丁を振るっている。夫婦で営《いとな》んでいる食堂のようだ。

「えーと、アジフライ定食」

壁に貼ってあるメニューから注文すると、神谷は先客の隣りのテーブル席に座った。

「今日の現場は楽だったな」

カレーを食べている三十代後半の男が言った。言葉とは裏腹に、顔色は優れない。

「楽は楽だがその分、実入りは少なくなった」

隣りの席の少し年配の男が、丼物を食べながらぼやいた。

「都内の仕事がなくなったからね」

二十代半ばと思われる茶髪の男が、首を振った。彼は食事を終えており、皿や丼は空になっている。

彼らの車と思われる軽トラには脚立《きゃたつ》やバケツや道具箱があったので、建設業で働いているようだ。新型コロナのせいで、仕事が減っているのだろう。駐車場に停めてある軽自動車は、二台とも地元の市川《いちかわ》ナンバーだった。

「食事中すみませんが、ちょっと、聞いていいですか？」

神谷は彼らに椅子を向けて尋ねた。

「なんだい？」

年配の男が、怪訝《けげん》な表情で聞き返した。

「私は、Ｗｅｂニュースの記者で神谷といいます。この間亡くなられた参議院議員の川谷香理さんのことを調べているんですが。三人とも選挙区にお住まいでしょう？　何でもいいですから、情報をいただけませんか？」

神谷は笑顔を絶やさずに尋ねた。Ｕターンしてまでこの店に来たのは、周辺で一番地域に密着している雰囲気があったからだ。また、岡村から聞き込みをする際は、相手によってジャーナリストか私立探偵だと身分を使い分けるのがコツだと教えられた。

今回の捜査では、記者と探偵の二つの名刺も作ってきた。電話番号は、９１１代理店の代表番号である。

「俺たちは、よく知らないけど、女将さんなら色々知っているはずだよ。なんせ、この店は大多喜町の情報センターみたいなところがあるからね。困ったことがあったら、女将さんに聞くんだ。旦那はだめだけどね」

年配の男は厨房を見て、笑った。

「お待たせしました。アジフライ定食」

五分ほどで女将が、トレーに載せた定食を持ってきた。皿にはキャベツの千切りが盛られ、二枚の大振りのアジフライが載せられている。見た目は合格である。ご飯も大盛りで味噌汁とタクアンの小皿が付いていた。

「いただきます」

ソースをかけ、さっそくフライを食べた。サクサクの衣に包まれた肉厚のアジは、新鮮な香ばしい香りと申し分ない旨《うま》さだ。合間に磯《いそ》の香りがするアオサと豆腐の味噌汁を啜《すす》る。夢中で食べている間に、先客の三人は食事を終えて店を出て行った。

「ごちそうさま」

神谷は箸《はし》を置くと、両手を合わせた。

「はい、どうも」

店の奥にいた女将が、トレーを手に出てきた。

「私は、Ｗｅｂニュースの記者で神谷といいます。ちょっとお伺いしたいんですが、この間亡くなられた参議院議員の川谷香理さんのことでお聞きしたいんです」

食器を片付けている女将に尋ねた。

「川谷香理さん？　車で事故を起こすなんて可哀想だと思うけど、やっぱりねって感じかしら」

女将はゆっくりと首を振った。

「やっぱりって、自動車事故は予測できていたんですか？」

神谷は驚いて尋ねた。

「夜中に前の道をすごいスピードで走って行くのを何度も見たことがあるわよ。聞いたところによると、都内で走ると捕まっちゃうから、泊まりがけで選挙区に来た時に夜中にドライブするそうね。だから、いつか事故を起こすんじゃないかって噂していたの」

女将は手を止めて答えた。

「スピード狂だったんですかね。待てよ」

首を傾げた神谷は、スマートフォンに届いていた沙羅からのメールを開いた。

「なるほど、ドライブが趣味か。都内で二年前にスピード違反で捕まっていますね。この時は法定速度の二十キロオーバーだったらしいですが、本当は四十キロオーバーだったという噂もあるのか」

神谷はメールに添付されているテキストデータを読みながら呟いた。情報源は、雑誌の記事やインターネット上のニュースらしい。

「そうでしょう。国会議員になったけど、夫の七光って陰口を叩かれていたわよ。それに彼女が当選したせいで、同じ自由民権党の滝野《たきの》逸郎《いつろう》が落選したしね」

「滝野逸郎？　ヘェー」

神谷はメモ帳を出して、滝野の名前を書いた。

3・五月九日PM1：30

午後一時三十分、神谷は再び大多喜街道を走っていた。

山の中を抜ける道路だが、整備されているためちょっとしたドライブ気分を味わえる。ただ、食事をした大多喜町からは下り坂が続くので速度の出し過ぎに注意が必要だろう。

「やっぱり」

神谷はブレーキを踏んで速度を落とした。二百メートル先の路上にレーダー式のオービスを発見したのだ。

オービスの下を抜けて次の交差点の信号を右折し、Uターンする形で交差点を再び右折して勝浦バイパスに入った。事故当夜の川谷香理の足取りは、当日の彼女の行動を調べた県警によってほぼ摑めており、マスコミに発表されている。

川谷香理は、大多喜町に住んでいる後援会会長の別宅に宿泊することになっており、そこから午後十時過ぎに愛車であるサーブの二〇一一年型9－5に乗って大多喜街道から勝浦バイパスに入り、海岸線を走る外房黒潮《そとぼうくろしお》ラインで自損事故を起こして死亡している。警察はブレーキ痕《こん》がなかったため、居眠り運転とみているらしく、いまのところ事件性はないとされているようだ。

勝浦バイパスから外房黒潮ラインに入ると、右手に海が見えてきた。街路樹に椰子《やし》が植えてある。開放感がある気持ちのいい道路だ。川谷香理はドライブコースを決めていたようだが、景色も見えない夜中ではただ走ることだけを楽しんでいたのだろう。

しばらく走って短いトンネルを抜け、百五十メートルほど行ったところで路肩に車を停めた。路肩と言っても一車線分の幅があるので、後続車に迷惑をかけることはない。また、反対車線の路肩も広くなっており、ガードレールの向こうは駐車場のような長細いスペースもある。

「ここだな」

車を降りた神谷は道を渡った。

香理の事故は一週間前だが、場所が特徴的なのですぐに分かった。車は海に転落したが、この辺りのガードレールはどこにも傷はない。だが、ガードレールが十メートル近くない場所があるのだ。

事故で無くなったのではなく、元から無かったようだ。その証拠に雑草が生えている崖《がけ》の上にタイヤ痕があった。近くに勝浦駅行きの〝サンドライブイン前〟というバス停がある。細長い駐車場のようなスペースにかつてドライブインがあったそうだ。廃業して十年ほど前に解体されて整地されたらしい。

崖まで近付くと、コンクリート製の構造物があった。マンションの外階段のような造りをした階段で、崖下の砂浜に続いているようだ。香理の車は階段上のスペースから海にダイブしたらしい。崖縁から三十メートル先の磯の上に事故車があり、波に洗われていた。

相当なスピードを出していたのだろう。道路も崖の上にもブレーキ痕はない。崖から飛ぶように車は二十メートルほど先の磯の上に落ち、十メートルほど弾んでようやく止まったらしい。満ち潮《しお》のため多少は海水がクッションになったようだ。今は潮が引いているので、最初に落ちた場所から事故車まで磯の岩が著しく削《けず》れている様子が見える。運転していた香理は、激しい衝撃を受けて即死だったに違いない。

コンクリート製の階段は、長年潮風に晒されてかなり劣化《れっか》が進んでいる。入口近くのフエンスに金属製の看板があり、「通告　この階段は現在老朽《ろうきゅう》化のため閉鎖しております」と記されていた。入口にはロープが張ってあり、身を乗り出して下を覗くと、階段は途中で崩落している。

「ここからじゃ無理か」

神谷は頭を掻いた。海を見ると、数人のサーファーが波に乗っていた。崖下の砂浜にも何人かサーファーがいる。てっきり、この階段を使って降りたと思っていたのだ。

神谷はスマートフォンで沙羅に電話を掛けた。

——はい、沙羅です。どうしました?

沙羅がいつものようにおっとりとした調子で電話に出た。彼女のリズムに苛立つこともあるが、癒されることの方が多い。

「今、勝浦市部原《へばら》の『サンドライブイン前』というバス停の近くにいるんだけど、崖下に降りるのにどこかいい場所はないかな?」

神谷は周囲を見回しながら聞いた。

——神谷さんの場所は、把握《はあく》しています。ちょっと待ってください。……あっ、ありました。そこから六百メートルほど道を戻って頂ければ、駐車場があります。その駐車場の東側に砂浜へ出られる階段があります。

途中で十秒ほど無音になったが、沙羅はのんびりと答えた。

「了解。ところで、何故私の位置が分かっているんだい?」

場所を把握しているという言葉が気になったのだ。

――あれっ？　社長から聞いていないんですか？　会社から支給されているスマートフォンの位置データは、私と玲奈が管理しています。みなさんに何かあったら困るでしょう。

沙羅の小さな笑い声が聞こえた。神谷以外は誰でも知っていたらしい。

「そうなのか。ありがとう」

神谷も苦笑しながら通話を切った。スマートフォンは会社からただで支給されている。その上月々の支払いも会社の経費で落とされていた。普通の会社でないだけに、何か裏があると考えるべきだったのかもしれない。

車をUターンさせた神谷は沙羅の情報を元に六百メートル戻り、駐車場に車を入れた。インターネットで衛星画像を見て確認したのだろうが、答えを出すのにたったの十秒ほどしかかからなかった。一見のんびりしているが頭の回転は速いということである。

神谷は駐車場の東の端にある階段から砂浜に降りた。ウェットスーツを着た男女が、砂浜に置いたサーフボードの上で寝そべっている。この辺りは、サーファーの溜まり場になっているのかもしれない。

砂浜を東に向かって歩く。車を運転するのに楽なためランニングシューズを履いているが、五十メートルも歩かないうち靴の中に砂が入ってきた。レインブーツを持ってきたので、履き替えるべきだった。それに砂浜の乾いている場所を選んだという間違いも犯している。砂浜を歩くなら、波打ち際でない濡れた場所を歩くべきだろう。

六百メートルほど砂浜を歩き、事故現場に到着した。先ほど見たウェットスーツを着た二人の男が砂浜に立っており、事故車の近くにも二人いる。砂浜の二人の年齢は三十代前半、二人とも日焼けしていない。サーフボードもないので、サーファーではないらしい。

「ここから先に行くんじゃない」

事故車に近付こうとすると、二人の男が同時に神谷の前に立ち塞がった。

「俺はあの車を近くで見たいんだ。邪魔するな」

神谷は男の脇を通り過ぎようとした。

「おい！　忠告したよな」

男は神谷のジャケットの襟を掴んだ。

神谷は男の手首を掴んで捻り上げた。男は堪らずに跪《ひざまず》く。

「放せ！」

別の男が、殴り掛かってきた。

神谷は右足を引いてパンチをかわすと、殴り掛かってきた男の顎《あご》に強烈な左肘打ちを入れる。男はそのまま数歩歩いて倒れ、昏倒《こんとう》した。

「むっ！」

神谷は捻り上げていた男の手首を放した。男はいつの間にか左手にナイフを持っていたからだ。男の手首をさらに捻って骨を折ることもできたが、そこまで怪我を負わせるつもりはない。ナイフを何度かかわせば、敵《かな》わないと諦めるだろう。さもなければ病院送りにするまでだ。

「おだやかに話そうじゃないか。君たちは一体何をしているんだ?」

神谷は両手を上げて笑みを浮かべた。事故車の近くにいる二人の男が、磯からこっちに移動してくる。この程度の連中なら増えたところで相手に出来そうだが、警察沙汰になるようなことは避けたい。

「何を揉めている? ナイフを仕舞え、馬鹿者」

車を調べていた男の一人が、ナイフを持っている男に命じた。この男だけ四十代前半でリーダーかもしれない。身長は一八五センチと、他の男たちよりも抜きん出て高い。左頬に傷があり、右足も若干引きずっている。

「この男が、無理やり車に近寄ろうとしたので」

男は渋々ナイフを足首のシースに戻した。

「私はWebニュースの記者だ。神谷という。警察の現場検証は終わっている。事故車は誰が見てもいいはずだ」

神谷は年配の男の前に立った。鑑識の捜査は終わっている。警察が現場を保全しているのなら、規制線は残されるはずだが見当たらない。事故車は単純に撤去の目処《めど》が立っていないだけで、誰でも見ることは出来るはずだ。

「我々は、保険会社に頼まれて車を調べているだけだ。調査は一時間ほどで終わる。その後なら好きなだけ見てくれ」

年配の男は、笑ってみせた。だが、その瞳は冷めている。

「調査会社ね。社名を教えてもらえるかな？」

神谷は笑顔を崩さずに尋ねた。

「保険会社の依頼は、公《おおやけ》に出来るものじゃない。だから、我々は身分も明かせないんだ。悪いが気が散るから、作業が終わるまで他で待っていてくれないか」

年配の男は肩を竦めた。

「分かった。だが、私は名乗ったんだ。そっちも名前ぐらい聞かせてくれてもいいだろう？」

「さすが、記者と言うだけにしぶといな。片山《かたやま》だ」

片山は苦笑しながらも答えた。

「それじゃ、一時間後にまたここに来る」

神谷は笑顔を消してその場を去った。

4・五月九日PM2：50

午後二時五十分、外房黒潮ライン沿いの駐車場。

神谷はジープ・ラングラーの運転席で、沙羅から送られてきた情報をスマートフォンで見ていた。正直言って香理の選挙違反の件は、岡村から捜査を依頼されるまでよく知らなかった。というか、興味もなかったのだ。

香理と夫の規幸が、選挙スタッフに法定の上限を超える報酬を渡した公職選挙法違反という単純な事件だと思っていた。だが、沙羅が送ってきた情報から、香理が立候補したこと自体に複雑な背景があったことも理解できた。

どうやら大多喜町の食堂の女将から聞いた参議院議員滝野逸郎が、キーポイントになるようだ。滝野は参議院議員を六期務めたベテラン議員で、自由民権党の幹事長である三上《みかみ》刻弘《ときひろ》と派閥《はばつ》争いをしている宮内一郎《みやうちいちろう》の派閥に所属している。

宮内は二〇一六年の選挙で自分の派閥の議員の数が増えたことで、次期幹事長の座を狙って三上と張り合うようになった。また、宮内派の重鎮である滝野は、宮内に同調して三上の政策を批判した。そこで、三上は二〇一九年の選挙でまずは滝野に制裁を下したのだ。千葉選挙区で滝野の対抗馬として、同じ自由民権党の香理を擁立《ようりつ》した。しかも、三上は執行部を動かし、香理に一億五千万円の選挙資金を渡している。だが、滝野には百五十万円と雀《すずめ》の涙ほどの資金を手渡しただけらしい。この屈辱《くつじょく》的な扱いにもかかわらず、滝野は辞退することなく選挙に臨んで惨敗《ざんぱい》したのだ。

選挙結果は三上が思い描いた通りに運んだのだが、選挙違反に問われると思っていなかったのだろう。自由民権党で選挙スタッフに過分な報酬を支払うのは珍しいことではないからだが、それをマスコミに密告した者がいる。マスコミの情報で警察は動き、香理の公設秘書が逮捕された。その密告者を自由民権党で必死に探しているそうだ。

「おっ」

神谷は頭を下げ、五百ミリの望遠レンズを装着したデジタル一眼レフカメラを構えた。駐車場の東側にある階段からウェットスーツを着た四人の男が、現れたのだ。車を駐車場の西の端に停め、スマートフォンを見ながら階段を見張っていた。駐車場に停められている車はジープ・ラングラー以外に五台あり、すべての車種とナンバーを控えてある。

また、サンドライブイン前のバス停付近まで行き、崖の上から四人の男たちの作業風景も撮影した。

最近の車なら航空機で使われているブラックボックスに相当するものがあるので、それを取り出して解析すれば、事故の状況はほぼ分かる。だが、事故車は二〇一一年型のサーブ9－5だ。高性能なカーコンピューターがあるとも思えない。

彼らはエンジンルームと車体の下を入念に調べていた。事故当時のブレーキやアクセルの状態を調べていたのだろうが、損傷が激しいのでたいしたことは分からなかっただろう。

「やはり、そうか」

神谷はニヤリとした。

男たちは、階段近くに停めてある黒の日産・キャラバンのバックドアを開けた。後部座席も荷台のウィンドウも、フィルムが貼ってあり、車内を覗くことが出来なかったため、怪しいと睨んでいたのだ。

「うん？」

首を捻った神谷は、カメラのファインダーを覗き込んだ。最後に階段を上ってきた男が大きなバッグを提げており、バッグから水が垂れているのだ。事故車から何かを回収したのかもしれない。

「どじったな」

舌打ちをした神谷は四人の男の顔を撮影した。崖の上からは顔がよく撮れないためにすぐに戻ってきたのだが、彼らの作業を一部始終動画で撮るべきだった。

濡れたバッグを荷台に収めると、男たちは周囲を警戒しつつウェットスーツを脱いで服に着替える。神谷は、彼らが車に乗り込んで駐車場から出ていくまで写真を撮り続けた。車で尾行したいところだが、一台の車で相手に気付かれずに尾行する自信はないので彼らを見送った。徒歩での尾行の経験はあるが、車を使った尾行は座学だけである。

神谷はレインブーツに履き替えると、再び砂浜に降りて事故現場に向かった。さきほどよりも快適に砂浜を移動し、事故現場の磯に到着した。一時間前より潮は満ちている気がする。

砂浜から岩場に入って十五メートルほど進み、事故車まで辿り着いた。ウィンドウはすべて割れているが、車体は意外と原形を留めている。落下する勢いがあったために衝突する角度が浅かったのだろう。

ボンネットが開いたままになっていた。神谷はポケットからＬＥＤライトを出し、エンジンルームを覗き込んだ。配線が途中で切断されている箇所がある。警察の鑑識でないのなら、片山らが何か部品を持ち去ったのだろう。神谷は車には詳しいが、サーブは扱ったことがないため、どの部品がなくなったのかよく分からない。とりあえず、エンジンルームの写真をスマートフォンで撮影した。車の下も見たいのだが、下部はかなり損傷しているため意味はなさそうだ。

現場周辺の写真も撮影すると、岩場を離れた。これ以上、得るものはない。

「むっ」

神谷は右眉を吊り上げた。砂浜を二人の制服警察官が走ってくるのだ。

「君、一体、ここで何をしているんだ」

先に到着した若い警察官が声を掛けてきた。

「ここは立ち入り禁止ですか？」

神谷は落ち着いて質問した。

「事故車の近くで何かしていたでしょう？　こっちは、分かっているんだよ」

警察官は険しい表情で言った。質問で返した神谷に苛立ったようだ。遅れて到着した警察官は肩で息をしている。職務質問をしている警察官の上司なのだろう。

「海岸を散歩しているだけだ。問題あるのかね？」

神谷はわざと首を傾げた。喧嘩腰《けんかごし》でなければ身分を明かすつもりだったが、この手の態度には元警察官だけに腹が立つ。

「不審人物がいると通報があったのだ。運転免許証と他にも身分を証明できる物を見せるんだ」

若い警察官は高圧的に言った。神谷の落ち着き払った態度に腹を立てたようだ。

「通報？　近辺に住居があるわけじゃないし、通報自体おかしいと思わないのか？」

神谷は苦笑した。住宅があるわけでもないし、まして崖の下を覗かなければ事故車を見ることもできない。それに、サーファーというものは警察が嫌いなものだ。通報するはずがないだろう。おそらく、例の四人組が神谷に警告を与えるために通報したに違いない。

「通報に対処するのが、警察だ。連行されたいのか？」

若い警察官は興奮してきた。

「俺がいつから被疑者になったんだ？　海岸を散歩するだけで罪になると思っているのか。軽々しく『連行』という言葉を使うな！」

神谷は若い警察官と年配の警察官を交互に見て言った。

「何！」

若い警察官は、神谷と顔がぶつかるほど前に出た。

「落ち着け、宮下《みやした》」

年配の警察官が若い警察官の肩を摑んだ。

「この辺りは、潮に流される死亡事故が絶えない。だから、注意する必要があります。それに事故車を民間人が見るのは感心しないですな」

年配の警察官が若い警察官を後ろに下がらせ、口調を改めた。

「それを言いたいのなら、現場の保全を図るべく事故車に規制線テープを張っておくべきだったな。現段階では、海岸に放置されたただの鉄屑《てつくず》だ」

神谷は事故車を見ながら言った。

「お宅が言うように、昨日まで規制線テープを張って現場保全はされていましたよ。たぶんテープは波で剝がれたのでしょう」

年配の警察官は開き直ったように答えた。事故から一週間経ったので、規制線を解除したのだろう。

「それでか。先ほどまで、保険会社から委託されたという連中が事故車から何か部品を持ち去っている。事故車が撤去されるまで、管理責任を問われるぞ」

舌打ちをした神谷は、首を振った。

「本当ですか！」

年配の警官が目を丸くした。

「エンジンルームを調べてみるがいい」

「宮下、行くぞ」

年配の警察官は若い警察官と磯に勇《いさ》んで入って行く。彼らがたとえ部品の欠損を発見したところで、結局警察は動くことはないだろう。

神谷は二人の警察官を尻目に現場を立ち去った。

5・五月九日PM6：54

午後六時五十四分、中野。

神谷は青梅街道の宝仙寺《ほうせんじ》交差点から三百メートルほど先にある路地に入った。静かな住宅街だが、一昔前は商店街だったそうだ。

しばらく歩き、〝居酒屋・天城峠《あまぎとうげ》〟という看板がある店の暖簾《のれん》を潜った。

「いらっしゃい！」

いつものように禿頭《はげあたま》に捻り鉢巻きをした店主多田野拓蔵《ただのたくぞう》の威勢のいい声に迎えられた。

この店も新型コロナで営業自粛をしており、夜の客は半減したそうだ。その代わり、今はランチタイムの営業に力を入れてなんとか凌《しの》いでいるらしい。

「神谷さん、いらっしゃい」

拓蔵の孫である瑠美《るみ》が満面の笑みで手を振った。高校は卒業したと聞いていたが、まだバイトをしているようだ。

「こんばんは」

神谷は右手を軽く上げて二人に挨拶をし、廊下の暖簾を潜って奥の小上がりの座敷に上がった。

「先に失礼しています」

サングラスを掛けていない木龍《きりゅう》が、畳に手を突いて頭を下げた。この店にいる時の彼はオフなのだ。子供の頃、この近くに住んでいたらしく、拓蔵には世話になったそうだ。服装も、カジュアルなジャケットを着てなんとなく堅気風《かたぎ》になっているが、この男が醸《かも》し出す危険なオーラを消すことはできていない。

「すまないな。呼び出して」

神谷は軽く頭を下げると、木龍の対面の席に胡座《あぐら》をかいた。

「何にしますか？」

後を付いてきた瑠美が、尋ねてきた。

「生、二つ、オムライスも二つね。あとはお任せ」

神谷は指を二本立てて頼んだ。オムライスはメニューにない。木龍が子供の頃、腹を空かせていると拓蔵が必ず作ってくれたという裏メニューである。玉ねぎと鶏肉、あるいはウィンナーの細切れが入っているケチャップライスを薄焼き卵で包んであるだけの素朴《そぼく》な料理だ。だが、それがなんとも懐かしい味で妙に美味い。木龍に勧《すす》められて食して以来、この店に来る度に食べるようになった。

「神谷さん、会社で何かありましたか？」

木龍は神妙な顔で尋ねた。

「どうして？」

神谷は表情も変えずに軽い調子で尋ねた。箱根から密かに岡村が会社に帰ってきたことは、他言無用と箝口令《かんこうれい》が出されている。

「今日の夕方に会社の脇道を通ったんですが、昨日よりもセキュリティが厳しくなっているんです。実は、あの道は事務所に行くための通り道にしているんですよ。それにこの一日ほど、社長がお戻りになっていないようなので、何かあったのかと思いましてね」

言葉は丁寧だが、木龍は咎めるようにじろりと神谷を見た。木龍は腕力もあるが、頭も恐ろしく切れるので〝剃刀《かみそり》の木龍〟と呼ばれ恐れられているそうだ。

「まいったな。お見通しか。社長から口止めされているが、木龍さんなら話しても問題ないだろう。捜査も手伝ってもらおうと思っていたから、ちょうどいいかもしれない」

神谷はこの二、三日の出来事を話した。

「なっ、なんと、あの箱根の火事の現場に社長がいらしていたんですか」

木龍は眉間に皺を寄せてさらに凶悪な顔になると、振り返って店の廊下を見た。あまりにも衝撃的な話に、思わず誰かに聞かれていないか確認したようだ。

「社長は現役時代から、自由民権党が関わる不審死を追っていたらしい。それを社長は殺人とみている」

神谷は声を潜めた。店の客はカウンターの近くのテーブル席に四人いたが、離れているので聞こえる心配はない。だが、決して他人に聞かれてはならない情報なのだ。

「あの党には昔からよくない噂を聞いております。正直言って裏街道を歩く者には、驚くようなことではありませんね」

木龍は渋い表情で頷いた。火事の件は岡村が関わっているためにかなり動揺した様子だが、殺しとなるとまったく驚かないらしい。だからこそ、役に立つのだが。

「個人が汚れ仕事を引き受けている可能性も捨てきれないが、社長は闇の組織があると考えている。実は和田代議士の別荘の焼け跡で妙な連中と遭遇した。おそらく、放火した犯人の一味だろう」

神谷は暗視ゴーグルを身につけた一団に囲まれた話をした。

「よくぞご無事で。もし、チャカが必要でしたら用意しますよ」

木龍は小さく頷くと、右の人差し指を突き出して銃の形にした。さすがに暴力団の幹部だけに、拳銃はすぐ手に入るようだ。

「気遣いはありがたいが、法律に触れることは避けたい。金で殺しを請け負う組織を知らないか」

神谷は苦笑し、掌を左右に振った。

「片手で殺しを請け負う者もいますが、組織的に殺人を請け負うような組があると聞いたことはありませんね。基本的にヒットマンは単独です。刑が重い殺人罪で芋《いも》づる式に逮捕されたら、組が潰れてしまいます。殺しは、組織で引き受けるにはリスクが大き過ぎるんですよ」

木龍は肩を竦めた。片手とは五万円ということだろう。

「裏社会で他に何か情報は得られないか、探って欲しい。奴らは暗視ゴーグルだけでなく、武器も携帯していた可能性がある。武器の流れから何か分かるかもしれない」

神谷は裏社会に通じる木龍を頼りにしているのだ。

「了解しました」

一拍間を置いて木龍は頭を下げた。かなり難しい頼みをしたことは分かっている。木龍は廊下に身を乗り出して手を振った。話が済むまで人払いをしていたらしい。

「生ビール、それに、オムライス。お待たせしました」

瑠美が満面の笑みで右手にビールのジョッキ、左手にオムライスが載せられたトレーを持って現れた。

「待っていました。いただきます」

木龍はマスクを外して子供のように手を叩くと、手を合わせてスプーンを手に取った。この店でオムライスを目にすると、彼はいつも子供時代に戻るようだ。こんな様子を彼の子分だけでなく、敵対する組織の人間が見たら仰天《ぎょうてん》するだろう。

神谷もマスクを外すとスプーンを手にし、ケチャップがたっぷりかけられたオムライスを口に運んだ。今日は、ケチャップライスにソーセージとニンジンと玉ねぎが入っている。素朴な味わいは、多分何十年と変わらないのだろう。

「難しそうか?」

神谷は手を止めて尋ねた。

木龍は黙々とスプーンを動かす。オムライスを食べることを邪魔されるのが嫌いなのだ。

「……なんとか、がんばります」

木龍はオムライスを平らげてから、大きく頷いてみせた。

6・五月九日PM8：10

午後八時十分、911代理店。

中野から戻った神谷は、三〇五号室のドアをノックした。二つのコーヒーカップを載せたトレーを左手に持っている。

「どうぞ」

玲奈の不機嫌そうな声が聞こえた。どうやら、いつもの調子らしい。

部屋に入った神谷は、出入口の傍で立ち止まった。パソコンデスクで作業をしている玲奈から距離を取るためである。会社の人間の中で玲奈が一番気を許しているのは神谷であるが、だからと言って友人というわけでもない。どんな言動が、彼女の琴線《きんせん》に触れるか未だによく分かっていないのだ。

「こっちに来て」

玲奈は振り返ることもなく、右手で手招きをした。

「ブラックでいいよね」

神谷は玲奈のパソコンデスクの端にコーヒーカップを置いた。ちなみに沙羅は砂糖とクリームをコーヒーにたっぷりと入れる。

「ありがとう」

玲奈はコーヒーカップを手に取った。

神谷は壁際にある沙羅のデスクに自分のカップを載せ、椅子に座る。机の上に空の弁当箱があった。沙羅が玲奈のために用意した弁当である。

「四人の写真を顔認証にかけてみたけど、ヒットしなかったわ」

振り返った玲奈は、コーヒーを啜りながら言った。勝浦の海岸で撮影した写真データを沙羅経由で玲奈に渡し、解析を頼んでいた。

「犯罪歴がなければ、ヒットしないだろうな」

神谷もコーヒーを飲んだ。今日の豆は、香り立つトラジャコーヒーである。

「警察のデータサーバーを使ったから限界があるわね」

玲奈は溜息を漏らし、首を振った。顔認証ソフトは、FBIと同じもので精度は高いらしい。だが、参照するデータが少ないのでは役に立たないということだ。

「保険はどうだった?」

神谷は香理の所有していた9－5の自動車保険についても調べるように頼んでおいた。事故現場で見た男たちが、本当に保険会社から委託されたのか知りたいのだ。

「川谷香理は、大東亜《だいとうあ》損害保険会社の任意保険に入っていた。大東亜は社内の調査部からアジャスターを派遣している。報告書には警察立ち会いのもとで、ブレーキオイル、ブレーキパッド、それにアクセルを調べた結果異常なしと、五月四日付けで報告書は提出されていた。電子システムには事故当時を記憶する性能はなかったので、調べてもいないみたい。あなたが見た男たちの身元は分からないわね」

　玲奈は肩を竦めた。

「やはり、片山は嘘を吐いていたか、というか、片山というのも偽名だろうな」

　神谷は右手で軽く頭を叩いた。

　保険調査するのは、特に資格のいらない保険調査員と日本損害保険協会にアジャスター登録された調査員の二種類がある。保険会社に所属しているアジャスターだけでなく、業務委託している場合やフリーランスも存在するようだ。また、アジャスターは専門の知識と技術を有し、高度な調査を行う。

　大東亜は社員を五日も前に派遣している。今日あった連中は、保険会社とは関係ないということだ。

「車は今や自動運転の時代に入ろうとしているし、私でも自動車の制御システムをハッキングすることは可能よ。9－5がハッキングされて事故を起こした可能性はない？」

　玲奈は神谷の方に顔を向けて言った。

「9－5は電子制御式5速ATを採用し、EBD付ABSを装着していた。それにESPも搭載している。EBDとESPのプログラムを書き換えて危険な状態にすることは可能かもしれないが、外部からコントロールすることは無理だ。ましてガードレールがない場所を選んで海に飛び込むようにするのは不可能だね」

　神谷は首を振った。インターネットで9－5の仕様書を取り寄せて調べている。

「私は車のことは分からないから、分かりやすく説明して」

玲奈の眉が吊り上がった。

「すまない。EBDは電子制御ブレーキ圧配分システムのことで、ABSは、アンチロックのブレーキ制御システムのことなんだ。ドライバーが急ブレーキをかけてタイヤがロックされた場合に、ブレーキペダルが踏まれた状態のままでも自動的にブレーキの解除と作動を繰り返してタイヤが滑るのを防止する。また、ESPはエレクトロニックスタビリティプログラムのことで、横滑りが生じた際にブレーキを自動的に掛けて方向を修正する安全装置だ」

神谷は車のメカには強い。もともと自動車好きということもあるが、スカイマーシャルの訓練項目の一つであった。

「だとすれば、ESPを乗っ取れば、ハンドルを切らなくても、前輪の右タイヤだけブレーキを掛けて方向を変えることができるんじゃない？」

玲奈は簡単な説明だけでシステムを理解したようだ。

「不可能じゃないが、ブレーキを使えば、異常なタイヤ痕が残ったはずだ」

神谷は首を振って否定した。事故現場にタイヤ痕はなかったため、ドライバーがハンドル操作を誤ったというのが、調査した県警の見解である。

「それじゃ、ブレーキを利かなくして、スピードを上げることはできるわよね。多分、プログラムをいじれば、エンジンの回転数を上げることができるはずよ。ドライバーはブレーキが利かないのに速度が上がってパニック状態になっていた。ハンドルを切ったのは、何かに驚いたとか、理由があったのかもしれないわね」

玲奈は天才的なハッカーだけに乗っ取り説に自信があるようだ。

「できるかもしれないが、肝心《かんじん》なことを忘れている。9-5は、インターネットや無線LANに接続できる車じゃないんだ。事故当時と同じルートで走ってみたけど、事故現場まではアップダウンがある。香理自身に問題がなかったのなら、車は突然制御が出来なくなったんだと思う。あの場所を狙うように車に異常を起こさせるには、遠隔操作をする他ないんだ」

神谷はまた首を横に振った。

「それじゃ、聞くけど、四人の男は、9-5から何を取り外したの？」

玲奈はパソコンに事故車のエンジンルームの写真を表示させた。神谷が沙羅に送った画像データである。

「それが、9-5の仕様書を取り寄せたけど、特になくなった物はなさそうなんだ」

現場で事故車のエンジンルームを覗いた際に配線が切断されていたので四人の男たちは、何かを取り外すための作業をしていたと神谷は睨んでいた。

「それじゃ、余分な部品を取り付けてそれを事故後に取り外した可能性はないの？」

玲奈は質問を次々に繰り出してくる。

「余分な部品？」

「EBDとESPのプログラミングを書き換えて制御する装置、それにインターネット回線が繋がるような通信機なんかあれば、いいんじゃないかな。最新のシステムと同等の機能にし、その上で遠隔操作したとすれば辻褄《つじつま》が合う。既存の部品と間違えるような形にすれば、ぱっと見は分からないようにすることも簡単よ」

玲奈は一人で頷いている。IQ170の頭脳の中で、それらの設計図も出来ているのかもしれない。

「ハンドルを切った理由は分からないが、確かに出来そうだ」

神谷も頷いた。

ポケットのスマートフォンが警報音を発した。

「私のスマートフォンも鳴っている」

玲奈はパソコンデスクの上に置いてあるスマートフォンを手に取った。

神谷はスマートフォンをタッチし、警報音を消して画面を見た。「一階、玄関に異常。エントランスに侵入者」という文字が表示されている。外山が社屋の監視カメラと人感センサーなどを増設し、異常を感知したら社員のスマートフォンにデータを送るというセキュリティシステムに切り替えた。

「鍵を掛けて、ここから出ないように」

神谷は玲奈の部屋を出ると、自分の部屋の出入口近くに置いてある特殊警棒を握りしめて階段を駆け下りた。特殊警棒は先端を伸ばさない状態で手に握る。侵入者がいるのなら、武器を所持していないと油断させることができるからだ。また、威嚇のために相手の目の前で特殊警棒を勢いよく振って先端を伸ばすということもあるだろう。

エントランスのガラスドアの前に四人の男が立っていた。制服警察官と私服刑事と思われる男が二人ずつである。彼らの誰かがガラスドアを叩いたのだろう。

「何事ですか？」

特殊警棒をポケットに入れた神谷は、ドア越しに言った。

「光《ひかり》が丘《おか》警察署の者です。貝田雅信《まさのぶ》に用事があるので、ここを開けてもらえないか？」

私服警察官の一人が厳しい表情で言うと、ガラスドアを叩いた。

「まず、身分を明らかにし、任意か強制なのか教えてもらえますか？」

神谷は元警察官として、手順を明らかにするように言った。

「光が丘警察署、警部補金山一郎《かなやまいちろう》。貝田雅信に用事がある。彼は、在宅か？」

金山はまたガラスドアを叩いた。神谷の対応に苛立っているようだ。

「貝田くんをどうするんですか？　任意なら明日の朝、出直してくれ」

神谷は警察の手順は知り尽くしている。ドアを簡単に開けるわけがない。

「貝田を爆発物取締罰則違反で、逮捕する。これ以上、邪魔をすれば、公務執行妨害《ぼうがい》で逮捕するぞ」

金山は内ポケットから折り畳まれた用紙を出し、広げて見せた。貝田の逮捕状である。記載に誤りはないようだ。

「どうぞ。私が案内します。勝手な行動は止めてください」

神谷は玄関ドアのロックを外すと、四人の警察官に手招きした。エレベーターホールを右手に進み、一〇一号室のドアをノックする。

「どちら様ですか？」

貝田の怯えた声がした。ドアスコープで神谷を確認しているはずだが、後ろに警察官の姿があるので改まって尋ねたのだろう。

「警察が来ている。開けてくれ」

逮捕状が出ている以上抵抗はできない。大人しく逮捕されて、対処法を検討する他ないのだ。

「分かりました」

貝田はか細い声で答えると、ドアを開けた。

「貝田雅信、爆発物取締罰則違反で逮捕する」

私服警察官は再度逮捕状を提示すると、別の警察官が貝田の両腕に手錠《てじょう》を掛けた。

「神谷さん」

貝田がすがるような目で見た。

「なんとかする。心配するな」

神谷は警察官に連れ去られる貝田を見送った。

入社試験

1・五月九日PM8：20

五月九日、午後八時二十分、911代理店、三〇一号室。

灯が外に漏れないように窓には合板の板が貼ってある。同時に外部からの盗聴を防ぐ目的もあった。岡村《おかむら》は会社に戻っていることを他人に知られないように細心の注意を払っているのだ。

神谷《かみや》と外山《とやま》と尾形《おがた》の三人は、鎮痛な面持ちでソファーに座っている。

貝田《かいだ》が突然逮捕連行されたために急遽岡村の部屋に集まったのだ。玲奈《れいな》は打ち合わせの結果だけ教えて欲しいと自室で仕事をしている。彼女もそうとう動揺しているはずだが、仲間と一緒に過ごすことはかえってストレスになるため一人でいるのだ。

岡村は執務机の椅子に座り、五分ほど前から電話を掛けていた。電話の相手は、おそらく警視庁の昔の仲間だろう。

「そうか、分かった。ありがとう。また、何か分かったら連絡をくれないか」

岡村は大きな溜息を吐くと、スマートフォンを机の上に置いた。

「何か、分かりましたか？」

なかなか岡村が言葉を発しないので、神谷は遠慮《えんりょ》がちに尋ねた。

「警視庁の知り合いを通じて光が丘署に確認してもらったんだが、昨日光が丘公園で起きた爆発事件の容疑で貝田は捕まった。事件現場近くの監視カメラの映像に会社のジープ・ラングラーと貝田が映っていたそうだ。貝田はその手の事件で前科があるから、容疑者とされたらしい。私の信頼する弁護士にはすでに声を掛けてある。もっとも、一通り取り調べが終わらないと弁護士も会うことはできないがな」

岡村は机の引き出しから電子タバコのケースを出し、口に咥《くわ》えた。最近分かったことだが、彼は苛立ちを抑えるときに電子タバコを吸うようだ。

「昨日の午後六時に光が丘公園のトイレが爆発した事件ですよね。貝田は、なんで光が丘に行っていたんですか？」

神谷は首を捻った。貝田は、フリーで働いている五人の鍵技能士とネットワーク組んでおり、都内の仕事を分担している。仕事だとしても、練馬区なら近くに住んでいる鍵技能士がいるはずだ。

「実は練馬区在住の鍵技能士が、昨日腹痛で病院に入院している。昨日、たまたま光が丘で仕事が入ったため、貝田は入院している鍵技能士の見舞いを兼ねて光が丘まで行ったらしい。貝田は爆発音を聞いたと言っていたよ」

岡村はパソコンのキーボードを叩きながら答えた。電子メールで送られてきた報告書を見ているのだろう。

「たまたまというのが、匂いますね」

腕組みをしている神谷は、岡村を見て言った。

「報告書には、光が丘の住宅地で玄関の鍵をなくしたという人物から解錠の要請があったため、駆けつけたが、現地に該当者なしと記載されている」

岡村は眉間に皺を寄せた。

「貝田は陥《おとしい》れられたようですね」

神谷は舌打ちをした。

「そのようだな。貝田は犯人に仕立て上げられたに違いない」

岡村は机に右肘をついて苦しそうに息を吐いた。まだ、体調が悪いのだろう。

「敵の意図はなんでしょうか？」

二人のやりとりを聞いていた尾形が尋ねた。

「確証はないが、自由民権党が９１１代理店を敵とはっきり自覚したのだろう。この会社を潰そうとしているに違いない。まあ、彼らにとって、我々は小蠅《こばえ》程度だろうが、うるさいので叩き落とすつもりなんだろう。それに敵は私がまだ生きている可能性があると思っている。君らに何らかの危害を加えて、私を燻《あぶ》り出す気かもしれないなあ」

岡村は電子タバコの蒸気の煙を勢いよく吐いた。箱根の火事は一昨日の七日で、貝田が巻き込まれた爆弾事件は、その翌日のことである。もし、同一犯、あるいは同じ組織の犯行ならその手際《てぎわ》の良さに舌を巻くほかない。

「私たちも気を付けたほうがよさそうですね」

尾形は外山と顔を見合わせた。二人とも前科があるため、貝田の逮捕はかなりショックだったに違いない。

「君らも何らかの罪を着せられる可能性がある。これからは一人で行動しない方がいい。尾形くんと外山くんは必ず二人で行動し、アリバイを作るように心がけてくれ」

岡村は尾形らを見て小さく頷いた。

「貝田くんが、当分留守《るす》になることもありますし、一層のこと、二人とも東京を離れた方がいいんじゃないですか」

神谷は手を叩くと、岡村をチラリと見た。

「そっ、そうだ。大変なことを忘れていた。貝田は、冴子《さえこ》さんのお世話をしていたんだった。彼女がこの会社にいることも危険だな」

岡村は外山と尾形を交互に見た。

冴子の長男である重雄《しげお》は、ロンドンで新型コロナに感染して身動きが取れない状態ということはすでに分かっている。その後、沙羅《さら》は彼の会社に問い合わせるなどして、さらに調査を進めていた。彼は一週間で帰国する予定だったため、冴子の面倒を誰にも託さなかったらしい。また、隔離病棟にいるため、外部との連絡が取れない状態が続いているそうだ。会社では重雄とその母親が別居していることも、知らなかったらしい。

　また、重雄には四つ年下の真子《まこ》という妹がおり、結婚して九州に住んでいるそうだ。だが、沙羅が真子に連絡を取ったところ、飲食業を営んでおり、新型コロナのせいで生活が厳しいため親の面倒は見られないと断られてしまった。重雄も当分の間、日本には帰れそうもないため、冴子は行き場を失っていたのだ。

「えっ、どういうことですか！」

　声を上げた尾形が、ソファーから腰を浮かせた。

「勘弁してくださいよ。社長」

　外山も手と首を同時に横に振っている。

「冴子さんは、家に帰りたいというんだよ。だから、君ら二人は彼女を連れて箱根に行ってくれないか。あの別荘は、築三十八年らしく、いたるところが傷《いた》んでいる。二人とも大工《だいく》仕事は得意じゃないか。別荘の修繕《しゅうぜん》をしてくれ。その分の手当ては会社から出すよ」

　岡村は笑顔で言った。

「尾形さんと外山さんが、困っているご婦人を助ける。素晴らしいアイデアですね。感動しました！」

　神谷は拍手をした。

「いっ、いや、そう言われても」

　尾形はわざとらしい仕草をしている神谷を睨みつけながら首を捻っている。

「君らに大工仕事をすべて任せようとは思わない。地元で業者を頼むんだ。それを君らが監督《かんとく》する形にすればいい。いつも顔を見せていれば、それでアリバイができる。家の修理も出来て、なおかつ君らの安全も図《はか》れるというわけだ」

岡村は電子タバコの煙を旨そうに吐き出した。

「なるほど」

外山と尾形が同時に頷いた。

「決まりですね。それじゃ、私は、貝田くんの容疑を晴らすために動きます」

神谷は立ち上がった。外山らに腕力はない。その点、玲奈の方が余程頼りになる。会社が襲撃されるようなことになれば、彼らは足手まといになるだろう。

「分かっているじゃないか。頼んだよ」

岡村は右手の親指を立ててみせた。

2・五月九日PM9:10

午後九時十分、光が丘公園。

練馬区最大の公園で、野球場、テニスコート、競技場、体育館、図書館などの施設があり、北側の鬱蒼《うっそう》とした森には野鳥の観察エリアもある。

神谷は公園脇の光が丘西大通りに車を停めた。

爆発現場であるトイレの位置は、インターネットの地図検索サイトで確認してきた。公園の北西の端に位置している。

車を降りた神谷は、単眼の暗視スコープで周囲を見回した。

公園の反対側には三階建てのアパートが建っているが歩道は広く、その上奥まった場所にある。そのためアパートの灯が道路を照らすことはなく、街灯は公園の暗闇に飲み込まれているらしく、周囲は薄暗い。

警察は監視カメラの映像で貝田を割り出したそうだが、こんな寂《さび》しい場所にカメラがあるとは思えない。念のために低層アパートを調べてみたが、よくある防犯用のフェイク監視カメラも設置していなかった。振り返って公園側も見たが、鬱蒼とした木々があるだけで監視カメラが設置できるような電柱もない。

「うん？　あれか？」

神谷は暗視スコープを下ろすと、アパートの南側にある工事現場に近付いた。工事用フェンスには三階建てのマンションと記載された建設概要の看板が掲示されている。トラック出入口近くに建てられているポールに、二台の監視カメラが設置してあった。一台は現場の敷地内を、もう一つは現場の外に向いている。

神谷はスマートフォンで玲奈に電話をかけた。

「神谷です。今、爆発事件があった光が丘公園に来ている。ちょっと調べて欲しいことがあるんだけど、いいかな？」

夜間に捜査をしているのは、逮捕された貝田の無実を一刻も早く晴らしたいということもあるが、この時間帯なら玲奈の協力が期待できるからだ。

――分かっている。何？

　玲奈はいつもの調子で答えた。彼女からのビデオメッセージをよく見る沙羅によれば、別に不機嫌《ふきげん》なわけではないそうだ。ただ、話すことが面倒なだけらしい。

「ああ、そうか。君と沙羅は、社員の位置情報を把握しているんだったね。私は今建設現場の前に立っているんだが、貝田の姿を捉えた監視カメラはここのカメラじゃないかと思ってね。監視カメラのすぐ下に通信機器もついている。ひょっとして、君だったら、このカメラの映像を見られないかな」

　外山から得た情報だが、最近ではインターネットに接続された監視カメラを設置する建設現場も増えているそうだ。ゼネコンなどの大手の建設現場では以前からあったが、警備会社だけでなく、ＩＴ関係の会社が参入し、レンタルで監視カメラが設置されるようになった。建設関係者は、パソコンやスマートフォンから監視カメラの映像を見ることで工事の進捗《しんちょく》や安全点検も手軽にできる。

――クラウドカメラだとして、ちょっと待って。……そこの現場の建設会社が契約しているのは、株式会社セイフティ・プラネットね。……あった、確かに貝田が、映っている。まったく、きょろきょろしてまるで不審者。警察じゃなくても疑うわ。最低ね。

　神谷に話しかけながら、あっという間に監視カメラを運営している会社を突き止め、サーバーまでハッキングしたらしい。

「了解。ありがとう」

通話を終えた神谷は、道を渡ってパイプ型のガードレールを跨《また》ぎ、歩道から公園に入った。公園は五十センチほどの石垣があり、歩道から一段高くなっているだけでフェンスも壁もないのだ。

六十メートルほど進んで森を抜けると遊歩道があり、その向こうに規制線のテープが張られているトイレがあった。

遊歩道には街灯があるため、真っ暗というわけではない。そのせいか、この時間にジョギングしているランナーとすれ違った。夕方とはいえトイレを使用する人がいてもおかしくはない。爆発で死傷者が出た可能性はあっただろう。

神谷は男子用トイレの出入口をハンドライトで照らした。爆発の威力はたいしたことはないらしく、個室内が黒く煤《すす》けてドアがなくなっているだけだ。ニュースでは詳細を知ることができなかったが、おそらく爆弾は個室内部に仕掛けてあったのだろう。被害はドア一枚というところか。

監視カメラの映像と貝田の前科だけで、裁判官は納得しないだろう。一日足らずで逮捕状を出すなら他にも決定的な物的証拠があったのかもしれない。

「むっ」

神谷はハンドライトを消して身構えた。トイレの裏にある茂みから大柄な男がいきなり出てきたのだ。

トイレはジョギングコースになっている遊歩道と野鳥観察エリアに通じる遊歩道が交差

する角にある。男は野鳥観察エリアの方角からやって来たに違いない。

「神谷隼人《はやと》、また会ったな」

頬に傷痕《きずあと》がある男が、大股《おおまた》で神谷に近付いてくる。足を多少引き摺《ず》っているので、痛めているのかもしれない。

「片山《かたやま》か。俺の名前をどこで調べた？」

神谷は一歩後ろに下がり、片山と距離を取った。

「どうでもいいだろう。何を警戒しているんだね」

片山は前に出てくる。

「殺気は感じないが、闘争心剝《む》き出しだからだ」

遊歩道まで下がった神谷は、鼻先で笑った。片山の上腕の筋肉が張り詰めている。今にも襲いかかってくる感じがするのだ。

「頭も切れるようだが、格闘技もいけるようだな」

片山はいきなり踏み込むと、左右のパンチを繰り出してきた。

神谷は左右の手で軽く払い除《の》ける。

「いいねえ」

片山は左右のパンチ、続けて中段、下段のキックを織り交ぜてくる。実戦空手で、しかも闘い慣れている。足が悪そうに見せたのは演技かと思わせるほど、鋭《ま》いキックだ。

「くっ！」

下段のキックの後のハイキックを左手でブロックしたら、痛みが走った。靴の先に何か鋭利な物が仕込んであるのだろう。

「どうした？　避けるだけで精一杯か？」

片山は薄ら笑いを浮かべた。

「かかって来い」

にやりとした神谷は、手招きをした。

「死にたいのか」

片山のパンチと蹴りのスピードが増した。

神谷は相手の攻撃を紙一重《かみひとえ》で避けながら間合いを図った。片山の動きは単調ではない。だが、いくつかの攻撃パターンがあるのだ。

片山の右パンチを右手で摑む。すかさず、その脇の下を潜り、さらに腕を捻りながら投げ飛ばした。逮捕術の中でも古武道由来の高度な技である。投げる際にゴキッという鈍《にぶ》い音がした。片山の肩が外れたのだろう。この技は受ける側も熟練者でなければ、必ず怪我をする。

「ううっ！」

片山は受け身も取れずに転がった。

神谷は片山の右腕と右肩を摑むと、捻るように肩を入れた。少々荒っぽいが脱臼《だっきゅう》の治療《ちりょう》はコツを知っている。

「俺の腕試しをしたつもりか？」

苦笑した神谷は、片山の左手を掴んで立たせた。この男に最後まで殺気はなかった。靴に仕込んだ武器を使ったものの、殺す気はなかったことは確かだ。

「まあな。元ＳＡＴだから腕は立つと思っていた。だから興味を持ったのだ」

片山はトイレの壁に寄りかかり、しかめっ面《つら》で答えた。脱臼が治っても痛みはしばらく残る。神谷も経験があるのだ。

「どうして、俺の出身を知っている？」

神谷は眉間に皺を寄せ、わざと怒った振りをした。ＳＡＴは通常の警察官と違って身分を明かすことはない。機動隊に所属しているが、名簿にすら載らない。だがＳＡＴという経歴を導き出したものの、スカイマーシャルという身分までは調べられなかったということだ。

警視庁のサーバーに神谷の経歴は残っている。だが、スカイマーシャルの身分を調べ上げるには、警視庁総監か国土交通省航空局の局長の承諾《しょうだく》が必要になるのだ。スカイマーシャルはＳＡＴよりもさらに厳重なセキュリティ対策が施されてデータは守られている。もっとも、玲奈は簡単にハッキングしたらしい。

「仲間はどこにでもいる。我々の組織は大きいのだ」

片山は深呼吸をしながら答えた。外部からハッキングした可能性もあるが、警視庁内部にサーバーを閲覧《えつらん》できる身分の仲間もいるということだろう。

「組織で暗殺を請け負っているということか。おまえらが川谷香理《かわたにかおり》議員の車に細工をして、殺したんだろう？」

神谷は鼻先で笑った。

「給料はいくらだ？　せいぜい月二十万、三十万は超えないだろう？」

片山は神谷の質問を無視して尋ねてきた。

「余計なお世話だ」

神谷は首を振った。基本給は十七万円で、あとは出来高払いである。成果を出さなければ、本来なら食ってはいけないだろう。だが、部屋代や光熱費や通信費など、基本的な生活費が掛からないため余裕で生活している。

「図星か。我々の組織じゃ、手取りで百万、その他に手当ても出るぞ。元ＳＡＴの腕をチンケな会社で腐らせるにはもったいないだろう。うちに来ないか？　悪いようにはしないぞ。連絡をくれ」

片山はポケットから出した名刺を渡してきた。片山建造《けんぞう》という名前が刷られている。

「期待するな」

神谷は片山に背を向けて歩き出し、名刺をポケットに仕舞った。

３・五月九日ＰＭ１０：１５

午後十時十五分、９１１代理店。

会社に戻った神谷は自室でシャワーを浴びてスポーツウェアに着替えた後、三〇五号室の玲奈を訪ねている。

先にシャワーを浴びたのは、玲奈を意識してではない。SAT時代からの習慣である。激しい訓練の後、汗を流すためにシャワーを浴びるのだが、その時怪我をしていたことに気付くことが多い。訓練中はアドレナリンのせいで深い傷を負っていても痛みを感じないことがある。だが、シャワーで傷が洗い流されて痛みを覚えるのだ。そのため、訓練後のシャワーは負傷の確認にもなるため習慣化した。

シャワーを浴びて気が付いたのだが、左の肩口に二センチほどの傷ができていた。光が丘公園で片山の攻撃を受けた際の傷である。意外と出血していたので、靴先に刀身が二、三センチのナイフが仕込まれていたのだろう。刺されただけでは死ぬことはないが、手首や首筋などの動脈を切断することはできる。

「どうして、光が丘公園が爆発事件の現場に選ばれたか、分かったわ。それに貝田が逮捕された理由もね」

玲奈は正面のモニターと左右のサブモニターに数え切れないほどの監視映像を表示させた。彼女は、株の取引でもしているかのように常時六台のモニターを使っている。

「これは、セイフティ・プラネット社のクラウドに保存されている監視カメラの映像で、もちろんリアルタイムでも見られる。とりあえず屋外で道路が映り込んでいる映像だけ選んで表示させたの。それでも、百十六箇所ある。そこで、道路の反対側が公園という絞り込みを掛けると、十八ヶ所になる」

　玲奈は検索した手順を見せているようだ。サイドモニターの映像は消え、メインモニターに十八の監視映像が残った。

「一気に減ったね。だが、どうして、公園というキーワードになるんだろう」

　神谷は沙羅の椅子を持ってきて、玲奈の隣りに座った。爆発事件は貝田を陥れるためとは分かっているが、どうしてあの公園だったのかという疑問が残るのだ。

「自由に出入りできる公園なら、爆弾を仕掛けるのに他人の目を気にすることはないでしょう。それにトイレなら不審な荷物を隠すこともできる。爆発させても被害者も少なくて済むはず。ただし、さらに条件を付けるなら、犯行現場まで映り込むのはまずい。だって、真犯人自身が映っていたら困るでしょう。だから、爆発現場まで映り込まないことと、現場周辺には監視カメラがないという条件を付けると、残るは一つ」

　玲奈がキーボードを人差し指で叩くと、メインモニターに監視映像は一つだけ残り、拡大された。光が丘公園の近くの建設現場の監視カメラの映像である。タイムコードは昨日の午後六時二十分になっており、ジープ・ラングラーが路肩に停まり、貝田が車から降りてきた。警察が証拠とした映像である。

　貝田は指定された住所が建設現場のため、戸惑《とまど》っているらしい。周囲を見渡して首を捻っている。神谷なら、こんな間抜け面の男は逮捕しないだろう。

「犯人は狡猾《こうかつ》に絞り込みをして、この場所が決められたのか。鍵をなくした客を装《よそお》って貝田に偽《にせ》の電話をかけ、監視映像の場所まで呼び出した。しかも、貝田の仲間を腹痛で入院させ、貝田が自ら行くように仕向けたのだ。腹痛を起こさせる劇薬でも飲ませたのだろう。だが、犯行現場に出入りする姿が映っていなければ、警察は翌日に逮捕するということはありえない」

腕を組んだ神谷は首を横に振った。

「指紋が検出されたの」

玲奈はキーボードから手を離し、机の上に肘を突いて顎を載せた。

「馬鹿な。現場から指紋が検出されたのか？」

神谷は目を細めて玲奈を見た。

「私を疑っても仕方がないでしょう。光が丘署を調べていたら、調書が上がっていたの。なんでも指紋が付いた紙片が、トイレの床に落ちていたそうよ。爆弾を包んでいた紙の燃えかすみたいね」

玲奈は浮かない顔で答えた。

「貝田の指紋は警察のデータベースにあるから、鑑識が指紋を検出したら、一時間と掛からずに見つけたはずだ。翌日に逮捕されてもおかしくはないな」

神谷は呟きながらも首を捻った。指紋は疑いようのない証拠である。だが、貝田のようなプロが、わざわざ指紋を残すはずがない。

「あなたの考えは？」

玲奈は神谷の瞳を見つめてきた。

「俺の？　貝田は間抜けに見えるが、仕事に関してはしっかりしている。指紋を残すようなやつじゃない。犯人は貝田の指紋がついた紙を手に入れ、爆弾の傍に投げ捨てたのだろう」

神谷は頬をぴくりとさせた。玲奈の瞳を見ていると、時折吸い込まれそうになる。正直言って、沙羅と玲奈の二つの人格に心惹《ひ》かれることがあった。ただ、それは恋心とは別の感情だと思っている。どちらかというと、美しい美術品に心を奪われるようなものだ。

「貝田が犯人じゃないのね」

玲奈はほっとした表情を見せた。貝田を嫌っているようでも心配していたのだ。

「だが、どうやって犯人は、指紋の付いた紙片を手に入れたのかということだ。会社のゴミ箱を漁《あさ》っても仕方がないしな。待てよ……。そうか、貝田が主宰《しゅさい》している〝鍵技能士アカデミー〟の生徒だ。生徒なら貝田から手渡された紙を持ち帰ることができる」

神谷はぽんと手を叩いた。

「だとすると、敵は随分前からうちの会社をマークしていたのね」

頷いた玲奈は、険しい表情になった。

「おそらく、敵は社長の捜査を気にして探りを入れていたのだろう。我々はそれを知らずに漫然と生活していたということだ」

神谷は唸《うな》るように言った。クライアントは別として、外部の人間を受け入れているのは、一〇一号室で行われている〝鍵技能士アカデミー〟だけだ。

「油断ならない相手ね。沙羅が心配だわ」

玲奈は眉間に皺を寄せた。沙羅が彼女は空手の有段者だが、沙羅はこれといって格闘技の経験はない。人格が違うので、玲奈が会得した空手の技を沙羅は使うことができないのだ。

ドアがノックされた。

「私だが、入っていいかな?」

岡村の遠慮がちな声が聞こえる。

「いいわよ」

玲奈は不機嫌そうに答えた。

「やはりここだったか」

岡村は部屋に入るなり、神谷を見て苦笑した。

「そこ」

玲奈はペットに命令するように壁に立てかけてある折り畳み椅子を指差した。岡村は小さく頷くと自分で椅子を広げて座った。付き合いが長いだけに、玲奈の冷淡な扱いにも慣れている。

「もうお休みだと思ったので、明日報告しようと思っていました」

神谷は光が丘公園の経緯を報告し、片山からもらった名刺を見せた。〝株式会社ユースポア　専務取締役片山建造〟と印字され、都内の住所になっている。

「この会社は知っている。政府が特別な事業を発注する際に、大手代理店や商社と同等の扱いで仕事を引き受けることがある。だが、その実体はない、ペーパーカンパニーという噂がある会社の一つだ。政府といっても自由民権党の大物が裏で旨い汁を吸っているのだろう」

岡村は鼻先で笑うと、名刺を神谷に返した。

「提案があります」

神谷は岡村に体を向けて言った。

「ひょっとして、潜入捜査を考えているのか?」

岡村は鋭い視線を向けてきた。

「このままでは貝田くんの無実を晴らすこともできないでしょう。それなら、敵の懐《ふところ》に飛び込んで情報を集めるべきです」

神谷は力強く答えた。

「相手は暗殺集団だぞ。大袈裟でなく、生きて帰れる保証はないぞ」

岡村は低い声で言った。

「覚悟の上です」

神谷は大きく首を縦に振ると、自分の胸を右拳で叩いた。

4・五月十日AM9：00

翌日の朝、神谷は広尾《ひろお》五丁目交差点を過ぎた明治《めいじ》通りでタクシーを降りた。気温は二十一度、雲が重く垂《た》れ下がっているので雨が降るかもしれない。

十メートルほど歩いたところで立ち止まり、目の前の十階建てのビルを見上げた。片山の名刺に印刷されている〝広尾滋野《しげの》ビル〟である。一階は不動産、二階に滋野歯科という看板が掲示されているので、ビルのオーナーは二階で開業している医者なのだろう。三階から十階までは、テナントが入っているかもしれないが看板や案内板はないようだ。ちなみに片山の会社である株式会社ユースポアは十階と聞いているが、エレベーターホールにある郵便ポストに表記されていない。

「ちょうどいい時間だな」

腕時計で時間を確かめると、エレベーターの呼び出しボタンを押した。午前九時になろうとしている。片山に午前八時過ぎに電話したところ、一時間後に会社に来て欲しいと言われたのだ。

十階で降りると左手に非常階段があり、その先に出入口が一つだけある。ドアの横にカメラ付きのインターホンがあり、さらにドアの上に監視カメラがあった。

ネクタイの緩みを直すと、インターホンの呼び鈴を押した。

「入ってくれ。鍵は掛かっていない」

片山の声がインターホンのスピーカーから響いた。

「ほう」

部屋に入った神谷は思わず、声を上げた。八十平米ほどある部屋の奥に机や椅子が固めて置いてあるものの他には何もないのだ。

「驚くのも当然だな。ここに常駐する社員は誰もいないんだ」

片山は奥に置いてある椅子に座っていた。近くの壁にある内線電話で、神谷に応答したのだろう。

岡村の言っていたペーパーカンパニーというのは、当たっているようだ。

「この間見た血の気の多い連中も社員じゃないのか？」

神谷は部屋の中を見ながら片山の近くにある椅子を引いて座った。

「そうだが、うちの社員のほとんどは仕事がない時は基本的に自由なのだ。だから事務所はいらない。だが、それでは世間的に認めてもらえないので、この場所を借りている。また、場合によっては、ユースポア社以外の器としても使うこともあるんだ」

片山はポケットからマルボロのブルーのパッケージを出すと、マスクを顎に掛けた。

「デスクワークする社員もいないのか？」

神谷は首を捻った。

「デスクワークは、外注している。私はこの部屋の管理を任されていてね。政府からの急な要請があった場合にも使うが、いつもは私の喫煙室になっているよ」

煙草《たばこ》にジッポーで火を点けると、煙を勢いよく吐き出して笑った。メンソールの強い香りがする。レギュラーの赤い箱のマルボロよりもニコチンが少ないタイプだ。健康に気を使っているのなら、吸わない方がましである。それに無骨なジッポーは似合わない。

「とすると、私も契約社員のような形になり、仕事が入らなければ、自由でいられるのか？」

神谷は頷きながら尋ねた。

「前向きな質問だ。うちに本当に入るつもりはあるのかね。もっとも、君の会社の社長は、警視庁出身だが、悪徳警官で評判だったと聞いている。うちも怪しいが、たいした違いはないだろう。いつから、来られそうだね？」

片山は右手の煙草の煙を燻《くゆ》らせながら言った。

「三日前から社長は行方不明だ。今月の給料が支払われるかどうかも分からない。それに、昨日社員が逮捕されたら、他の社員がけつをまくって逃げた。スネに傷がある連中だったからな。会社を辞める以前に、崩壊したも同じだ。仕事ならいつでも請けられるよ」

神谷は苦笑を浮かべて答えた。

「なるほど、私としては、すぐにでも君を迎え入れたい。だが、上からの命令で君に入社試験を受けさせるように言われている」

「入社試験？　語学なら得意だ。数カ国語は話せるし、体力にも自信がある」

神谷は腕を振ってやる気を見せた。

「君が優秀なことは分かっている。だが、それだけじゃ、駄目なんだ。試験の内容は追って連絡する。君の電話番号を教えてくれ」

片山は表情もなく言った。

「それじゃ、片山さんのスマートフォンに電話を掛けるから、教えて欲しい」

神谷は言われたことを要求で返した。一方的に利用されるつもりはないのだ。

「食えない男だな。だが、それぐらいじゃなきゃ、うちじゃやっていけない。分かった。教えてやる」

片山が言う電話番号をスマートフォンに打ち込むと、片山のスマートフォンに電話が掛かった。

「今さらだが、金になるということは、ハイリスクの仕事をしているんだろう？」

神谷はスマートフォンを仕舞って尋ねた。

「その通りだ。ハイリスク、ハイリターン。どこの業界でも同じだろう」

片山は煙草を吸いながら頷いてみせた。

「例えば？　金は欲しいが、参考までに聞かせてくれ。危ない仕事ならあらかじめ知っておきたい」

神谷は肩を竦めた。

「それは、会社に入ってからのお楽しみだ」

片山は口をへの字にして首を横に振った。

「例えば、政府は使いようのないマスクを数社に発注した。その際、実績のないある会社は億単位で儲《もう》けたと聞く。他にも自動車事故に見せかけて代議士を殺すなんてこともしているんじゃないかな」

神谷は片山の目を見据えて言った。岡村の調べでは、政府は布マスクを実績のないユースポア社にも発注していたそうだが、公表もされていない。

「想像が逞《たくま》しいな。だが、あまり詮索しない方が身のためだ。どこかの誰かのように、火事で死ぬかもしれないからな」

片山は鼻から煙を出し、神谷を睨んだ。火事で焼け死んだ和田《わだ》代議士のことを言っているのだろう。

「詮索ではない。興味があるだけだ。言っておくが、金は欲しいから、かなりリスキーな仕事も引き受けるつもりだ」

神谷は真面目な顔で見返した。

「それは、頼もしい。入社テストが楽しみだ。それから、911代理店に住んでいるようだが、そのまま住み続けて岡村社長が戻ったら教えて欲しい。これでも、個人的に心配しているんだよ」

片山は立ち上がった。これ以上話はないということだろう。

「了解。連絡を待つ」

神谷も立ち上がり、出入口に向かった。

5・五月十日PM6:45

午後六時四十五分、ブラックスーツの神谷は、外苑《がいえん》西通りでタクシーを降りた。道を渡って路地に急ぎ足で入る。会社から余裕を持って出てきたつもりだが、渋滞で四十分近く掛かってしまった。目的地は近いが、路地にタクシーで入ればさらに遅れると判断したのだ。

三百メートルほど進み、〝フルラージュ・表参道《おもてさんどう》〟という金属製の看板があるリゾートホテルのような豪華な建物のエントランス入った。冠詞《かんし》はないが、フランス語で花模様という意味である。

「お客様は?」

グレーのスーツを着た女性が神谷の前に立って意味ありげに尋ねた。

「私は高科《たかしな》家の者です」

神谷はポケットから、〝高科家〟とその下にQRコードが印字された一枚のカードを出して女性に見せた。女性はスマートフォンを出してQRコードを読み取っている。

「確認が取れました。それでは、手の消毒と検温をお願いします」

神谷の手に消毒液を吹きかけると、丁寧に頭を下げた。

数歩先にサーマルカメラが設置してあり、タブレットモニターに顔を近づけると、〝36・4度〟と表示され、「入室してください」と自動音声で案内が出る。

「いらっしゃいませ」

感心しながらも前に進むと、正面の両開きのドアをスタッフの女性が開けた。クラシックの曲とともに大勢のざわめきが、溢《あふ》れてきた。大きなホールに正装した百人近い男女が談笑している。マスクをしている者もいるが、酒の入ったグラスを持っている者の多くはマスクをしていない。

〝フルラージュ・表参道〟は教会まである豪華な結婚式場であるが、パーティーや宴会などにも使われている。コロナ禍《か》で多人数の会食は政府から自粛するように要請されているが、自由民権党の高科登《のぼる》衆議院議員が資金パーティーを密かに開いたのだ。

彼は自由民権党三上《みかみ》派の議員で、国会対策委員長を務める。まだ六十一歳と執行部の中では若く、幹事長をはじめとした党の重鎮からも一目置かれていた。

政治資金パーティーの収支は政治資金収支報告書に記載し、総務省及び都道府県選挙管理委員会への提出が義務付けられている。極秘に開くのはマスコミ対策で、総務省や選挙管理委員会は情報を漏《も》らさないとタカを括《くく》っているのだろう。もっとも人数を百人以下に落として規模を縮小したらしいので、これでも遠慮したつもりなのかもしれない。

「ほお」

小さく声を発した神谷は、ホールに足を踏み入れた。奥に小さなステージがあり、壇上《だんじょう》に高科登が上がった。パーティーは午後七時スタートで、挨拶をするのだろう。

神谷は招待客の間を抜けて壇上に近付いた。

ステージの袖に立っていた二人の男が、神谷の前に立ち塞がった。高科の護衛だろう。

「ユースポアの神谷です」

神谷は二人の男を交互に見て言った。

「お待ちしておりました。秘書の松崎真司《まつざきしんじ》です」

二人の男の脇に立っていた小柄な男が、声を掛けてきた。

「よろしくお願いします」

神谷は松崎に軽く礼をした。

「こちらへ」

松崎はステージの袖から離れ、招待客のいないホールの片隅《かたすみ》に立った。

神谷は会場を見回した。

「右手奥で美女に囲まれているのが、高科雄平《ゆうへい》さんです」

「息子さんは？」

松崎は背伸びして神谷の耳元で言った。

ホールの片隅でドレスを着た数名の女性に囲まれて酒を飲んでいる長髪の男がいる。招待客は誰しも壇上に上がった高科に注目しているが、息子はわざと無視しているのか女性と談笑していた。雄平は父親のコネで大手広告代理店に勤めているそうだ。かなりの問題児で何度か女性問題を起こしているが、その度に父親がスキャンダルをねじ伏せてきた。

「あの御仁ですか」

苦笑した神谷は頷いてみせた。噂通りのため、笑うしかない。

片山から二時間前に電話が掛かってきて、急遽《きゅうきょ》入社試験を受けるように言われた。内容は高科代議士の息子である雄平のボディーガードを務めろというのだ。もともと、片山の部下が就《つ》くことになっていたが、代役になることで神谷の腕試しをするつもりらしい。

「気ままな方なので、おそらく途中で抜け出すでしょう。高科先生のご挨拶が終わり次第すぐに紹介します。ちなみに今朝まで就いて頂いていた方は、雄平さんに拒絶されてしまいました。ですから拒否されても、付き添ってください。面倒を起こさないように、くれぐれもよろしくお願いします」

松崎は溜息混じりに言った。

「了解しました」

神谷は苦笑を堪えて返事をした。片山の部下の仕事をキャンセルして入社試験にすると言われたが、実情は部下が拒絶されたための代役らしいのだ。しかも、ボディーガードと聞いていたが、お目付役らしい。

「お集まりになられた皆様、コロナ、コロナと騒がしい世の中ですが、今日は、そんな世間の憂《う》さを忘れて楽しく過ごしましょう。所詮、コロナなんてただの風邪《かぜ》と同じです。世の中は騒ぎ過ぎていますので、我々は控えめに騒ぎましょう」

高科の挨拶は笑いで始まった。日本の政治家は聴衆受けを狙ってよく冗談《じょうだん》を言う。彼らはそれをリップサービスというが、低レベルな戯言《ざれごと》に過ぎない。

「あっ、神谷さん」

松崎が神谷の袖を引っ張った。

雄平が女性を連れて会場から出て行こうとしているのだ。

神谷は松崎と一緒に近くの出入口から会場を出て、廊下を走った。

「雄平さん」

エントランスで追いついた松崎が、雄平を呼び止めた。

「どうしたの松崎さん？　慌てちゃって」

二人の女性を連れている雄平は、わざとらしく首を捻って笑った。他にも何人か女性がいたのだが、選んで連れてきたらしい。

「雄平さんの新しいボディーガードをご紹介します」

松崎は肩で息をしながら答えた。

「ボディーガード？　いらないって言ったじゃないか。松崎さん、僕はただのサラリーマンですよ。ボディーガードを付けていたらおかしいでしょう。それにコロナなんだからこそこそしなきゃいけないのに目立つだろう。そもそも、ボディーガードじゃなく、ただの監視じゃないか、大きなお世話なんだよ」

雄平は怒鳴《どな》り散らすと、右手を大きく振った。すでに酔っ払っているらしい。

「この二週間、いや一週間でいいですから行動を謹《つつし》んでもらえませんか。まもなく緊急事態宣言も明けるでしょう。それまでは、ボディーガードを付けてください。これはお父上のご命令です」

松崎は険しい表情で言った。

「ふん、何が『お父上』だ。うるさいんだよ、まったく。しょうがない、分かったよ。勝手についてこい」

雄平は松崎の胸を人差し指で突くと、両腕を左右の女性の肩に回して歩き出した。

「すみませんが、よろしく頼みます」

松崎は雄平の背中を睨みつけながら言った。いつも雄平に苦労させられているのだろう。

「任せてください」

神谷は松崎に目礼し、雄平の後を追った。

6・五月十日PM11：10

午後十一時十分。

神谷は六本木《ろっぽんぎ》五丁目交差点近くのバー・ラベンダーのカウンターに寄りかかり、店内を漫然と見ていた。

雑居ビルの四階にある三十平米ほどの店で、カウンターが五席、ボックス席が三つとこぢんまりとしているが、ＶＩＰルームが奥にある。

「次は、おまえが歌え」

ボックス席の雄平は、右側に座っているホステスにマイクを渡した。ＶＩＰルームを使わない理由は、カラオケがないからだ。

「歌いま〜す」

ミニのドレスを着たホステスが両手でマイクを握ると、向かいの席のホステスがタンバリンを手に立った。

客は雄平だけだ。神谷は、店のスタッフからも単なる付き添いだと認識されているので酒を勧められることもない。六本木も営業を自粛している店は多いが、雄平はあらかじめ店を押さえていたらしい。どの店もクローズの札が出ていたので、他に客がいないのは当たり前であった。店も雄平はカード払いだが、二十万近く使うので我慢しているようだ。

表参道から連れてきた二人の女性は一軒目のバーを出た後、酔った彼が追っ払うように帰らせた。彼女らは銀座のバーから呼んだホステスで、雄平は女連れでなければ恥ずかしくて歩けないと豪語しており、六本木に行くまでのお飾《かざ》りに過ぎなかったらしい。二軒目は銀座の自分たちの店に行くものだと彼女らは思っていたらしく、そうとう怒っていた。

「すみませんが、できればラストオーダーだと、高科様に伝えてもらえませんか？」

カウンターにいるママが遠慮がちに言った。あまりにも盛り上がっているので、言い辛いのだろう。

「いいですよ」

快諾した神谷は、ボックス席の横に立った。

「なんだ、貴様。あっちに行け！」

雄平は、神谷を睨みつけた。

「世の中自粛中なんです。この辺で帰りましょう」

神谷は諭《さと》すように言った。尾形に付いてモンスタークレーマーに対処したことがある。クレーマーは相手を屈服させようとあの手この手で脅しをかけてくるが、たいていの場合は、元詐欺師である尾形の話術で説き伏せることができた。

だが、中には金品の要求を目的とした悪質なクレーマーもいる。尾形は隠しカメラやボイスレコーダーを駆使してクレーマーの違法行為を記録し、詐欺罪で容赦《ようしゃ》なく告発した。また、尾形は、相手がより重い罪を犯すように仕向けるのだ。彼は弱者をいたぶる手合いは徹底的に許せないらしい。

「おまえは、黙って俺に従っていろ！　友人と待ち合わせをしているんだ。余計な世話を焼くな！」

雄平は立ち上がって怒鳴った。身長は一七八センチほどで神谷よりは低いが痩せているので高く見える。

「余計なお世話と言われても……」

反論しようとすると、ジャケットの袖を後ろから引っ張られた。

「もういいです。ごめんなさい」

袖を握るママが、小声で首を小さく横に振った。雄平の怒号に恐怖を覚えたのだろう。

「そうですか」

神谷は雄平を横目で見て渋々引き下がった。この手の男を正論で説き伏せようとしたのは失敗である。尾形なら煽《おだ》てまくって帰らせただろう。ただ、友人と待ち合わせとは聞いていなかった。

店のドアが乱暴に開き、風体の悪い男が三人入ってきた。いずれも身長は一八〇センチ前後、一人はスキンヘッドでノースリーブのTシャツに黒のジーンズ。一人は髪を短く刈《か》り込んだ右側頭部に雷形の剃《そ》り込みを入れ、ゴールドのネックレスに赤いTシャツを着てダボダボのバギーパンツを穿《は》いている。

最後に入ってきた男は、金髪のオールバックで黒のスーツに白い丸首のTシャツを着ていた。この男が一番目つきが悪い。彼らはヤクザではなく、いわゆる〝半グレ〟と言われる連中である。

情報屋の木龍《きりゅう》に言わせると、ヤクザよりもたちが悪いそうだ。彼らはしきたりが多いヤクザを嫌い、恐喝《きょうかつ》、窃盗《せっとう》、麻薬の売買など手っ取り早く金になることをする。また、金属バットやナイフを容赦無く使う暴力行為を平然と行い、ヤクザよりも危険らしい。

二〇一九年末の警視庁のデータではあるが、暴力団構成員は全国で一万四千四百人に対し、新興勢力にもかかわらず半グレの構成メンバーは約四千人である。しかも、暴力団は減少傾向にあるが、半グレは増加傾向にあるという。

「よお、雄平ちゃん。元気？」

黒スーツの男が、神谷をチラリと見て前に出た。

「岩永《いわなが》、よくきた。品物は持ってきたかい？」

雄平は右手を前に出し、指を下品に動かした。

「おいおい、何のことだか」

岩永はきまり悪そうに仲間と顔を見合わせた。

「電話で頼んだだろう？」

雄平は眉間に皺を寄せた。半グレ相手にいい度胸をしている。

「この間の代金もまだもらっていないしな」

岩永は目を細めて雄平を睨みつけた。二人の会話からして、品物は麻薬かヘロインの類《たぐい》だろう。

「だから、今度カードでまとめて払うと言っただろう」

雄平は財布からアメックスのプラチナ・カードを出して振ってみせた。

「何度言ったら分かるんだ。俺たちはいつだって現金取引なんだよ。札束を見せろ、コラ！」

岩永は雄平の胸ぐらを左手で摑んだ。

「きっ、貴様！　おっ、俺の父親は自由民権党の幹部なんだぞ」

雄平の顔が引きつっている。金と父親の社会的地位で世界が自分の思い通りになると勘違いしていたのだろう。というか、これまでそうしてきたに違いない。

「それが、どうした！」

岩永は右拳を振り上げた。

「その辺にしておけ」

神谷は岩永の右手首を摑んだ。

「おっさん、なめてんのか？」

岩永は雄平を突き放し、神谷と向き合った。

「店にも迷惑が掛かる。お互いおとなしく帰ろうじゃないか」

神谷は岩永の手首を放し、落ち着いた声で答えた。男たちは獰猛《どうもう》そうだが、恐れてはいない。この程度のチンピラなら三人を一度に相手にしても問題ないからだ。

「いいだろう。店を出ろ。おまえもだ」

岩永が雄平を指差すと、二人の手下が雄平を両脇から摑んで立たせた。

狭いエレベーターをむさ苦しい男らと一緒に一階まで下りる。通路を抜けて路地に出ると、大型のバンが目の前に停められていた。

「ちょっとドライブしようか」

岩永は手下に顎で示した。

「行かせないよ」

神谷は男たちからむしり取るように雄平を取り戻した。雄平は酒が回っているのか、真っ青な顔をしている。あるいは恐怖で、思考停止状態なのかもしれない。

「ふざけるな！」

二人の手下が、凶悪な表情で襲ってきた。左側の男の右パンチを避けると同時に膝蹴りを鳩尾《みぞおち》に決め、突き飛ばして右側の男にぶつけてその男のパンチもかわした。

「死にたいのか！」

岩永が怒鳴った。それが合図だったように、バンの前に停めてある黒塗りのベンツから四人の男が現れる。しかも、金属バットや鉄パイプを握っていた。

新たに現れた四人と立ち上がった二人の手下が、神谷と雄平を囲んだ。岩永はベンツにもたれ掛かって腕を組んでいる。傍観を決めたらしい。

「そうきたか」

神谷は苦笑した。

「どっ、どうするんだ。殺されるぞ」

雄平が背後で声を震わせた。

「自分の撒《ま》いた種だろう。それぐらい覚悟するべきだったな」

神谷は口調を荒らげた。

「そっ、そんな」

先ほどまでの威勢はなく、雄平は消え入りそうな声で答えた。

「岩永の手下は他にもいるのか？」

神谷は小声で聞いた。これ以上増えたら、やっかいだ。

「しっ、知らない。でも四人以上のところを見たことがない」

雄平は囁《ささや》くように答えた。半グレは大きな組織を作らないと聞いたことがある。組織を大きくすれば、小回りが利かないということもあるだろうが、分け前が減るからだろう。

「おまえだ。かかってこい」

神谷は一番右側にいる鉄パイプを持った男を指差して挑発した。長さは九十センチほどで、一番手頃な武器を持っているからだ。

「馬鹿が！」

男は挑発にのって鉄パイプを振り下ろしてきた。紙一重で避けながら鉄パイプを握り、振り下ろされた力を利用して男を投げ飛ばした。すかさず、倒れた男の顎を蹴り抜く。次に神谷は金属バットの男の肩口に奪った鉄パイプを振り下ろす。バキッと乾いた音がした。まずは武器を持った連中を倒すことである。

神谷は実戦空手や逮捕術など様々な武道を自在に使いこなす。だが、普通の警察官と違いスカイマーシャルは、テロリストに対処するため捕縛よりも犯人を戦闘不能にする闘い方をする。航空機に乗り合わせた犯人が単独とは限らないからだ。

残りの五人の男を神谷は容赦無く鉄パイプで叩きのめし、路上に転がした。のたうちまわる男もいれば、完全に気を失っている者もいる。鎖骨か肋骨を砕《くだ》いたので、誰も立ち上がることはできないだろう。

「おい、てめえ、こいつをぶっ殺すぞ！」

いつの間にか岩永が雄平を羽交い締めにし、右手に持ったナイフの切っ先をその喉元に突きつけていた。

「勝手にしろ」

神谷は、鼻先で笑った。別に油断していたわけではない。予測の範囲内である。自分の身を守れない雄平が悪いのだ。むしろ、そう仕向けた。

「本当に殺すぞ、コラ！」

声を上げた岩永は、苛立っているようだ。神谷が挑発していると思っているのだろう。

「殺すなら、頸動脈《けいどうみゃく》をちゃんと切断しろ。楽に殺せるぞ」

神谷は左手で首を斜めに引く仕草をした。

「おっ、おまえは、ボディーガードじゃないのか！」

雄平は泣きながら叫んだ。

「顎で人を使うようなあなたを助ける義理はありますか？　その男があなたを殺したとちゃんと証言しますから、心配しないでください。おまえ！　さっさと、やれ」

ポケットから出したハンカチで、鉄パイプに付いた指紋を拭き取りながら答えた。嘘は言っていない。本心である。

「……殺して、いいのか」

岩永は狼狽《うろた》え始めた。

「かまわん。人間のクズが一人いなくなり、おまえは殺人罪で箔《はく》が付く。少々刑期は長いだろうが、そこで仲間を作ればいい。いいことずくめだろう」

神谷は指紋を拭き取った鉄パイプを投げ捨てた。

「えっ？」

岩永はナイフを雄平の首から外した。呆気に取られているのだろう。

「ボーナスをやるから助けてくれ。頼む！」

雄平が懇願《こんがん》した。

「仕方がない。歯を食いしばれ」

神谷は、いきなり側足蹴りを雄平の鳩尾に入れた。

雄平は膝から崩れるように倒れる。

「何！」

人質を意図せず手放した岩永は、慌ててナイフを前に突き出した。

「馬鹿が」

神谷は構わず、前蹴りで岩永の顎を蹴り上げる。骨が砕ける鈍い音がした。ナイフを捨てなかったので、躊躇いはない。敵を戦闘不能にする。それが、スカイマーシャルの闘い方なのだ。

「帰るぞ」

神谷は気を失って倒れている雄平を肩に担《かつ》ぎ上げた。

リーパー

1・五月十一日PM1：25

五月十一日、月曜日、午後一時二十五分、中野。

神谷《かみや》は居酒屋・天城峠の暖簾を潜った。

「らっしゃい！」

多田野《ただの》が、いつもにましてはりきっている。昨日からランチタイムの営業をやめ、昼の十一時から二時まで試験的に、持ち帰り弁当だけに切り替えてみたと聞いている。カウンターの上に作り立ての弁当が並んでいる。店頭用の弁当とは別に注文が来たのだろう。多田野の板前としての腕は確かである。弁当が好評なのも当然だろう。

「どうも」

神谷は、軽く右手を上げて挨拶をし、勝手知ったる奥座敷に上がった。

弁当の販売だけなので、店内に客はいない。新型コロナの営業自粛で経営は厳しくなる一方だそうだ。持ち家の一階が店ということで家賃は掛からないためなんとか凌いでいるものの、従業員への給料の支払いに苦労しているらしい。

「いらっしゃい、神谷さん」

エプロンを掛けた瑠美《るみ》が、おしぼりを手に現れた。

「日中からバイトとは、頑張るね」

奥の壁際に腰を下ろした神谷は、熱々のおしぼりを受け取った。

「今日は、ボランティア。どっちみち大学もコロナで休校しているから暇なの。何にしますか？」

瑠美は屈託《くったく》なく笑って見せた。彼女はこの春から都内の大学に行っていると、木龍《きりゅう》から聞いていた。将来は体育の教師になるそうだ。

「木龍さんが来たら注文するよ。彼が来たら『生』だけ先に出してくれる？」

神谷は笑顔で注文した。木龍と一時半に約束している。

昨夜、六本木で気絶した雄平《ゆうへい》を彼の自宅がある田園調布《でんえんちょうふ》まで送った。片山《かたやま》に報告はしたが、六本木の半グレと揉めたことや雄平を気絶させたことは話していない。今日は休んで、明日に〝広尾滋野ビル〟の十階に出社するように言われている。

「了解！」

瑠美は可愛らしく敬礼してみせた。

「らっしゃい！」

多田野の声が響く。

「いらっしゃい。生、二つお持ちしますね」

瑠美の挨拶が続いた。

「早いですね」

木龍が顔を見せた。チノパンに白のTシャツ、ジージャンと見たこともないカジュアルな格好をしていた。それにサングラスでなく、黒縁《くろぶち》の眼鏡を掛けている。

「きょうは随分とリラックスしているじゃないか」

座敷に上がった木龍を見て、神谷は両眼を見開いた。

「そこまで大袈裟に驚きますか？　お天道様が高い時間に、この界隈をヤクザ者がうろついちゃまずいでしょう」

木龍は渋い表情で神谷の対面に座った。彼なりに格好は気にしているようだ。ヤクザの幹部が、チノパンにジージャンでは格好がつかない。だが、意外と似合っているだけに驚いているのだ。

「生、お待ちどお様。お食事はどうしますか？」

瑠美は両手のジョッキをテーブルに載せた。

「食事は、親父さんが落ち着いてからでいいよ」

神谷はさりげなく瑠美を下がらせた。この店を使うのは、情報屋としての木龍と会うためである。彼女にも聞かせたくないのだ。

「昨夜は、随分と御活躍になったそうですね」

木龍はにやりと笑うと、ジョッキを掲げた。

「ひょっとして六本木の件、知っているのか？」

神谷は上げかけたジョッキを下ろした。人通りもなく、目撃者はいなかったはずだ。

「六本木にもうちのシマがありましてね。裏路地に七人の半グレが転がっていると、報告がありました。もちろん警察にも通報しませんが、救急車を呼べば警察沙汰になりますので、後処理に苦労しました。コロナで人の足が遠のいているので、暴力事件は起こしたくないんですよ」

木龍はそう言うと、ジョッキのビールを半分ほど飲んだ。

「そうか、迷惑かけたな。もぐりの医者にでも診せたのか？」

神谷もジョッキを傾けた。ここまで歩いてきただけで喉は渇いていたのだ。

「まさか。東京港の埠頭《ふとう》に転がしてきました。岩永《いわなが》のグループは、うちのシマで若い者といざこざが絶えませんでしたし、薬の売買をしているので目をつけていたんですよ。なんでも岩永は顎の骨が砕けていたようなのですが、うちの若い者がついでに肋骨も折ってやったそうです。正直言って半グレには煮湯を飲まされているので清々しました」

木龍は淡々と言った。さすがにこんな話は、他人に聞かせられない。

「それで、なんで俺だと分かったんだ？」

「あの路地に面した雑居ビルに監視カメラがありましてね。うちが世話になっているセキュリティ会社が管理しているんですよ。私が直接映像を見てデータを消去するように指示は出しておきました。向こうもやられたのは半グレなんで、喜んで処理してくれましたよ。

ただ、今後は、気をつけてください。元官憲の神谷さんが警察沙汰じゃ、洒落《しゃれ》になりませんから」

木龍は険しい表情で言った。怒っているわけではないのだろうが、地の顔が怖いのだ。

「すまなかった。気を付けるよ。正直言って、代議士のドラ息子に付き合っていてムシャクシャしていたんだ」

神谷は頭を掻いた。

「結果的には、半グレのグループが一つ消滅しましたので、うちの組としてもありがたいのですが、神谷さんを傷物にしたくないんですよ」

木龍はしみじみと言った。この場合、「傷物」とは前科者になるという意味だろう。

「ところで、ユースポアのことは何か分かったのか？」

神谷は尋ねると、残りの半分のビールを一気に飲み干した。木龍に〝広尾滋野ビル〟十階の賃貸契約者などを調べさせていたのだ。

「それが、賃貸契約者は浅田吾郎《あさだごろう》という人物なんですが、六年前に死んでいたんです。賃貸契約は、四年前にされているので、誰かが名を騙《かた》っているんでしょう」

「賃貸契約から片山のバックが分かると思っていたが、甘かったか」

神谷は首を振った。

「敵はそれだけ用心深いということでしょう。ただ、片山建造《けんぞう》の素性は分かりました」

木龍は声を潜めた。

「本当か！　勿体《もったい》ぶるなよ」

神谷は身を乗り出した。玲奈《れいな》でさえ調べることが出来なかったからだ。

「五年前まで陸上自衛隊の中央即応連隊の隊員だった人物に同姓同名の者がいました。顔写真を見た限りでは、同一人物だろうと思われます」

木龍は低い声で答えた。

「どうして、そんなことが分かったんだ？」

神谷は訝しげに木龍を見た。裏社会のことならともかく、自衛隊の情報を持っているとは思えないのだ。

「実は、自衛隊の知り合いに昔教えてもらってたんですよ。二〇一四年に、当時南スーダンのＰＫＯに派遣されていた中央即応連隊が、現地で襲撃されて負傷者が出たという話を。彼らは密かに帰国したのですが、その中に片山一等陸尉の名前があったのです。銃撃を受けて顔面と足を負傷したと聞いていました。神谷さんから男の特徴を聞いた時、ピンと来たんですよ。それで改めて友人に名前を確認してみたんです。そしたら、片山建造という名前でした。顔写真も取り寄せましたが、間違いないと思います。しかも五年前にその怪我が因《もと》で除隊しています」

木龍は大きく頷いてみせた。

「待ってくれ。ＰＫＯで負傷者が出たなんて聞いたこともない。それが事実だとしても極秘情報じゃないのか？」

神谷は首を傾げた。

「聞いたのは、四年ほど前です。相田《あいだ》という高校時代の同級生で、私と違って出来が良く陸上総隊に勤務しています。互いに忙しいのですが、たまに酒を飲むんです。部隊は司令部なのでストレスが多いらしく、愚痴《ぐち》を聞いてやるんですよ。そのついでに極秘情報も聞き出すんです。なんせ私は情報屋ですから」

木龍は自慢げに言った。若くして広域暴力団心龍会の若頭になれたのは、高度な情報収集能力があったからこそだろう。

「素晴らしい。片山の情報をもっと集めてくれ」

神谷は空のグラスを前に出した。

「承知しました。瑠美ちゃん、ビール、追加」

厳しい顔で頷いた木龍は、振り返ると笑顔で瑠美を呼んだ。

2・五月十二日AM8:52

五月十二日、午前八時五十二分。

神谷は広尾滋野ビルのエレベーターに乗り込んだ。

片山から九時に出社するように言われている。採用されるまでは、このビルに毎日くる必要があるらしい。

日曜日に引き続き、高科《たかしな》雄平のボディーガードを任される可能性はあるが、多分雄平は出歩かないだろう。彼の鳩尾を蹴った際、骨折させた手応えがあったからだ。

武器を持った犯人が人質を取っている場合の対処は普通の警察官なら説得を試み、犯人の要求を聞く。だが、それが対テロの訓練を受けてきた神谷の場合は、対処法が異なる。テロリストは、自爆も含めて自殺する可能性が高いため、人質の命は考慮するが安全は保証の限りではないのだ。多数の人の命を救うために人質を犠牲にしても止《や》む無しと考える。そのため、犯人が人質を盾《たて》にしている場合、はみ出している犯人の体を狙って銃撃することもあり得るのだ。

岩永は羽交い締めにしていたが、雄平の体を支えていたわけではない。彼の鳩尾に蹴りを入れて気絶させることで、雄平は抜け出すことができた。その際、少々力を入れ過ぎたために、雄平は肋骨を折ったはずだ。普通の人間なら二、三日は激痛で身動きが取れないだろう。

エレベーターを十階で下りて出入口の前に立つと、神谷がインターホンを押す前にドアは開いた。監視カメラで見ていたのだろう。

「どうぞ」

見覚えのある男が、ドアが閉まらないように押さえながら会釈した。

「ああ、どうも」

神谷は軽く頭を下げて部屋に入った。外房の事故現場で片山と一緒に事故車を調べていた男である。今日はスーツを着てイメージがかなり違うので、思い出すのに多少時間を必要とした。

「こっちに来てくれ」

片山が部屋の奥から呼んだ。

前回と違って部屋の中央に大きな会議用テーブルが置かれており、その周りに六脚の椅子が配置されている。その後ろにデスクが一つだけあり、片山はその傍に立っていた。壁際に寄せられていた机や椅子は無くなっている。部屋の中央はパーティションで仕切られているので、その奥に片付けたのかもしれない。

「おはようございます」

神谷は慇懃《いんぎん》に挨拶をした。第三者がいるため、社会人としての行動をとるべきだろう。

「紹介する。森本聖也《もりもとせいや》だ。彼は我が社の営業部の課長で、現場のトップなんだ。今後、連絡は彼を介して行って欲しい」

片山はデスクの椅子を引いて座った。デスクの上にはノートパソコンが置かれており、仕事が出来る環境になっているらしい。

「神谷隼人《はやと》です。よろしくお願いします」

神妙に挨拶をした。

「森本聖也です。一昨日はトラブルに巻き込まれたようですが、くわしく報告してもらえますか？」

テーブルの椅子を勧めながら、森本は神谷の対面の椅子に腰を下ろした。身長は一七八センチほど。だが、シャツのボタンが留まらないほど、首の筋肉が発達している。スーツの下も同じだろう。

　森本も中央即応連隊に所属しており、片山と一緒に南スーダンに派遣された。階級は陸曹長で、他の二人は塩見耀真《しおみてるまさ》三等陸曹と進藤雄也《しんどうゆうや》三等陸曹でやはり同じ部隊出身であった。以上が木龍からの情報である。彼らは負傷したわけではないが、片山が除隊になり、その半年後に退官している。おそらく、ユースポア社に入社した片山が、三人を誘ったのだろう。

「トラブルというほどではありません。表参道の会場から出られた高科雄平さんと六本木へ行き、そこからご自宅まで送っただけです」

　苦笑した神谷は椅子に座った。

「半グレとトラブルになり、七人も病院送りにしたことは分かっている。正確に報告してもらわないと、組織のためにならない」

　森本はきつい口調で言った。

「雄平さんは、昨日はなぜか整形外科に行ってレントゲンを撮ったそうだ。肋骨を二本折っていた。原因を聞かれても転んだと答えている。現場にいたのは君だけなんだ。正直に話してもらわないと、代議士にちゃんと報告ができないだろう。別に雄平さんを庇う必要はないんだ。彼の素行の悪さは誰でも知っている。むしろ、代議士はそれを知りたいそうだ」

片山は首をゆっくりと左右に振った。雄平は半グレと揉めたことを言えないため、怪我の原因も隠しているのだろう。

「……そうですか。それでは、六本木の二軒目の店までは問題なかったので、三軒目の店からの報告でいいですか？」

「構わない」

森本は小さく頷いた。

「午後十時二十分、雄平さんは二軒目の三丁目のバー・スタイルズの二人のホステスを同伴し、五丁目のバー・ラベンダーに入店。約一時間後、半グレと思われる三人の男が店に入ってくるなり、雄平さんに絡んできました」

神谷は淡々と説明をはじめた。少々端折《はしょ》っているが、詳しく話すつもりはない。面倒なだけである。

「なぜ、トラブルになったのだ？」

森本は首を傾げて、割り込んできた。

「以前から金銭トラブルがあったのかもしれませんが、具体的には分かりません。迷惑が掛かるので店を出ました。半グレは店を出た途端、雄平さんを拉致《らち》しようとしたので、私はそれを阻止《そし》したのです。相手は七人もいたので、途中で雄平さんは腹部を蹴られたようですが、そこまでは対処できませんでした。七人を倒した後、気絶している雄平さんを担いでタクシーに乗りました。以上です」

神谷は表情も変えずに報告を終えた。雄平が黙っているのなら、彼に怪我を負わせたことは黙っていればいい。

「警察に通報しようとは思わなかったのかね？」

「通報すべきだったのですか？　こちらに非はなくても、マスコミの餌食《えじき》になるのは、半グレではなく、雄平さんですよ」

神谷は右眉を吊り上げた。

「いっ、いや」

言葉に詰まった森本が、片山の顔を窺った。

「結果から言えば、君は我々の予想以上の働きをした。敢えて言うなら、働きすぎたと言えばいいのかな」

片山が苦笑しながら言った。

「働きすぎ？　……ひょっとして、雄平さんが半殺しの目に遭うことを期待していたんですか？」

神谷は片山をじろりと見た。説明しながらも半グレと争ったことを知っているのは、おかしいと思っていた。彼らをけしかけて雄平を襲ったと考えれば、辻褄《つじつま》が合う。

「そういうことだ。代議士は息子の放蕩《ほうとう》にうんざりしている。入院するような大怪我をすれば、収まると期待していたのだ」

片山は頭を掻きながら答えた。

「半グレは、やらせだったんですか？」

神谷は片山と森本を交互に睨んだ。

「怒るのも無理はないが、これも仕事だ。我々は雄平さんが、岩永からMDAを買っているという情報を得ていた。最初は岩永もサービス価格で売っていたので、雄平さんは手持ちの金で支払うことができた。だが、最近では購入する量も増えて一回の取引が十万前後にもなったらしい。そのため、前回の取引で現金で支払えずにツケにしたのだ。だが、次回も支払いができなかったら、岩永の行動は予測できた。我々は岩永に接触して、雄平さんの借金を立て替え、その上で雄平さんを殺さずに適当に病院送りにするように頼んだのだ。岩永ももともとそのつもりだったらしい。君に叩きのめされるとはいうのは、計画になかったがな」

片山は悪びれることなく、答えた。計画通りなら、雄平のボディーガードである神谷も病院送りになった可能性を彼らは予測していたということだ。

「肋骨を骨折した程度では、躾《しつけ》としては軽すぎたということですか」

神谷はふんと鼻息を漏らして笑った。

「まあ、無傷よりもましだ。ひょっとすれば、彼も今回のトラブルに懲《こ》りて姿勢を正すかもしれない」

片山は小さく頷いた。

「ユースポアは、自由民権党の裏仕事なら、なんでも引き受けるんですか？」

神谷は首を横に振りながら尋ねた。

「基本的に自由民権党の障害を取り除くのが我々の仕事だが、なんでもと言うわけではない。それは、おいおい教えよう。君は文句なしの合格だ。入社、おめでとう」

片山は立ち上がると、右手を前に出した。

「ありがとうございます」

神谷も席を立って片山の手を力強く握った。

3・五月十二日PM10：00

午後十時、911代理店。

「修繕は、はかどっていますか？」

神谷は自室のデスクでノートブックPCを立ち上げ、Web会議に参加していた。

――とりあえず、今日は地元の大工さんを呼んで見積もりを取ってもらいました。社長から言われた予算でできる範囲で納めてあります。それ以外の場所は、明日から我々がホームセンターで材料を購入して修理に掛かります。

外山《とやま》が答えたが、隣りに尾形《おがた》の姿もある。二人ともいつもの玲奈対策の伊達眼鏡をしている。この間掛けていたイヌイット式のサングラスは、玲奈から気持ち悪いと酷評されたので廃棄《はいき》処分になっていた。

――冴子《さえこ》さんの様子は、どうかな？

伊達眼鏡を掛けている岡村《おかむら》が、発言した。進行は神谷がしているのだが、黙っていられなかったのだろう。身を隠している生活のため、ストレスが溜まっているようだ。

外山と尾形は冴子の箱根の別荘に滞在しており、神谷と岡村と玲奈は自室から会議に参
加している。不在なのは、留置場にいる貝田《かいだ》だけだ。

――我々は息子さんの同僚で、家を修理するために泊まり込んでいると信じているようです。それから、私が付き添ってスーパーで買い物もしてきました。気晴らしになったらしく、驚くくらい豪勢な夕飯を作ってくれましたよ。痴呆症を患っているとは思えませんね。

外山は屈託ない笑顔で答えた。尾形も隣りで笑っている。彼らは前科者で道を誤ってしまった過去はあるが、貝田も含めて善人なのだ。

――それは、よかった。

岡村は満足そうに何度も頷いてみせた。

――ところで、神谷さんは潜入捜査をしているようですが、我々のサポートはいりませんか?

今度は尾形が口を開いた。

「サポートはリモートでお願いするかもしれませんが、今のところ大丈夫です」

神谷は笑いながら右手を振った。ユースポア社は非合法な活動をする組織ということが、片山らと接して改めて確認できた。だからこそ、サポートしてもらうことで彼らを危険に

晒したくないのだ。

――ちょっと、私から提案させてくれるか？

黙って聞いていた玲奈が、突然質問した。珍しいことである。

「どうぞ」

神谷は笑顔で答えた。

――この会議は、一体何のためにあるんだ？

玲奈はいつもにも増して男口調になっている。

――もちろん、ユースポア社の対策会議だよ。それだけじゃないが、神谷くんのおかげで捜査は進展している。彼に甘えるわけじゃないが、このまま潜入捜査を進め、その都度《つど》対策をみんなで討議しようじゃないか。

岡村がゆっくりと嚙み締めるように答えた。他人を包み込むような態度は、さすが元腕利きの刑事だけある。

――ふざけんな！

玲奈がパソコンのデスクを叩き、画面が揺れた。

――おっ、落ち着いてくれ、玲奈くん。

動揺した岡村が立ち上がったために、顔がアップになった。逆に外山と尾形は後退《あとじさ》りしたらしく、フレームアウトしそうなほど小さく映っている。

――外山、尾形、おまえら、このまま自分の安全だけ考えて婆さんの面倒を見ているつもりか？

玲奈の声がさらに低くなった。そうとう頭に来ているようだ。

——いっ、いえ、滅相《めっそう》もない。

途端に外山と尾形の顔が強張った。離れていても玲奈が恐ろしいらしい。

——社長、あんたは、命を狙われているからっていつまでも観客でいるつもりなのか？

玲奈は眉間に皺を寄せている。

——はっ、はい？　そんなことはないよ。

声を裏返らせた岡村が、姿勢を正した。彼の場合、玲奈と同じフロアのため、余計恐怖を覚えるのだろう。

——神谷、危ないこと一人で引き受けてヒーローになったつもりか！

「えっ！」

神谷が声を上げた。自分まで叱られるとは思っていなかったのだ。

——外山、あんたは、広尾滋野ビルの十階に盗聴器と盗撮カメラを仕込んでこい！

——社長、警視庁の仲間と連絡を取り合って、ユースポアのことを洗い出すんだ。

——返事は！

玲奈の声がパソコンのスピーカーを震わせた。

——はい！

外山の甲高《かんだか》い声が響き、

――わっ、分かった。

岡村の声も被さった。

――神谷、これからユースポアの人間と会う時は、必ず隠しカメラとボイスレコーダーを持ち歩くんだ。それから、片山のスマートフォンとペアリングしてきてくれ。

「ペアリング？　どうやって？」

神谷は自分を指差して尋ねた。

――私が開発したアプリを送っておいたから、それを使うんだ。使用法は、テキストで添付しておいた。確認してくれ。

「了解！」

神谷はすぐにスマートフォンを出して確認した。

――私は、どうしたら？

尾形が不安げな顔をしている。

――おまえは、婆さんの面倒をみていろ。用はない。

玲奈は冷たく言い放つと会議から退出した。

――かしこまりました。

尾形が胸を撫で下ろしている。

「……いい提案だった。明日から実行しよう」

我に返った神谷は、画面に出ている仲間の顔を見回して会議を終えた。

4・五月十三日AM8：51

五月十三日、午前八時五十一分。

ブラックスーツを着た神谷は、JR広尾駅から徒歩で広尾滋野ビルまで来た。今日はなぜか黒のスーツに黒のネクタイと指定されているのだ。

タクシーに乗ったのは初日だけである。山手線で五駅、恵比寿《えびす》駅からは一・二キロほどで裏道を歩けば信号機がある交差点も少なくてすむ。

エレベーターを十階で下りて、ユースポア社のドアの前に立った。昨日、片山からドアを開ける磁気カードキーを貰っている。

「えっ！」

ポケットからカードキーを出した神谷は、眉を吊り上げた。ドアに〝株式会社Jトレーディング〟という社名が記されたプレートが貼られているのだ。

「待てよ」

一瞬躊躇ったが、カードキーをドアノブ下のスリットに差し込むと、ドアロックが外れる音がした。この会社は他社の器としても使うと片山が言っていたことを思い出したのだ。

「あれ？」

ドアを開けようとするが、閉まっていた。ロックを外したつもりが逆に施錠してしまったらしい。もう一度カードキーを差し込むと、ドアは開いた。

「……！」

眼前の光景に神谷は、右眉を吊り上げた。正面にカウンターがあり、その後ろにはいくつもの机が整然と並べられ、見知らぬ男女がパソコンに向かっているのだ。

「いらっしゃいませ？」

カウンターのすぐ後ろで仕事をしていた女性が神谷に気付き、声を掛けてきた。

「……私は神谷と言います。片山さんか森本さんはいますか？」

呆然としていた神谷は、会社名を言わずに名前だけ言った。これが他社の器ということかと自問しながらも、事実を処理できずに少々パニックになっているのだ。

「神谷様ですね。お伺いしております。片山様は、九階の倉庫でお待ちです。そちらにいらっしゃってください」

女性はカウンターの下から、磁気カードキーを出して神谷に渡した。

「ありがとう」

カードを受け取った神谷は、部屋を出て非常階段で下の階に降りた。九階のドアには社名の記載どころかインターホンもない。ただ、ドアの上にある監視カメラは上の階と同じだ。各階に設置してあるとは思えないので、もともとこのフロアもユースポア社が借りているに違いない。だが、十階と九階は借主が違うはずだ。同じなら調査した木龍は気が付いただろう。

カードキーをドアノブ下のスリットに差し込んでドアを開け、部屋に入った。

倉庫と聞いたが、内部はがらんとしている。だが、右手奥にさながらフィットネスジムのように二台のランニングマシーンと四台の種類が違うトレーニングマシンがあった。トレーニングウェア姿の四人の男が、マシンで汗を流している。片山と森本、それに外房の事故現場で叩きのめした二人の男だ。

マシンの近くの壁際には縦長のロッカーが並んでおり、その横には冷蔵庫も置かれていた。ロッカーは十個並んでいるので、それだけ人数がいるのかもしれない。だが、上の階で十人近く働いていた。彼らも使っているのなら数が足りない。

「おはようございます」

神谷は軽く頭を下げて、挨拶をした。

「おはよう。連絡するのを忘れていた」

片山は上腕を鍛えるマシンを止めて立ち上がった。神谷が倒した男たちは、きまり悪そうに視線を外して運動を続けている。四人とも鍛え上げられた体をしていた。

「いろいろ驚きました。いつもは、ここに集合するんですか？」

神谷は苦笑した。

「この間言った通り、基本的に仕事がない時は自由だ。だが、倉庫として使っているこのフロアにジムがあるから、自然と集まってくる。もっとも、今日は急遽、上のフロアを使ってマスコミ対策をしなければならなくなった。朝六時集合で、なんとか間に合わせたんだ。次回は君にも手伝ってもらうよ」

片山はトレーニングマシンから離れ、首に巻いていたタオルで汗を拭いた。

「ひょっとして、会社らしく見せるために、この階から机や椅子を運んだんですか？」

神谷は肩を竦めた。〝株式会社Jトレーディング〟は、政府の発注を受けて実質的に動く会社からマージンを受け取るためのペーパーカンパニーなのだろう。政府執行部の誰かが、巨額のピンハネをするためによくやる手である。それをユースポアが様々な名前を使って引き受けているに違いない。

「そういうことだ。ちょっと待っていてくれ。着替える」

片山はロッカーの一つを開けて、スーツに着替えた。

「待たせた。取り敢《あ》えず、ここを出よう」

片山もブラックスーツに黒いネクタイである。

二人は一階まで下りて、非常階段下のドアを抜けた。ドアの向こうは裏通りに通じる駐車場になっており、車が四台停められている。ベンツが二台にアウディにレクサスと、高級車ばかりだ。

片山がベンツSクラスの運転席に無言で乗り込んだため、神谷は助手席に座った。車は広尾滋野ビルの裏通りから明治《めいじ》通りに出ると、天現寺橋《てんげんじばし》交差点を左折した。

「どちらに？」

神谷はスマートフォンをいじりながら尋ねた。外苑西通りを北に向かっている。

「青山《あおやま》葬儀所だ」

片山はむっつりとした顔で言った。

「葬式ですか？」

神谷も表情もなく尋ねた。スマートフォンに〝ＯＫ〟の表示が出る。玲奈が作製したアプリで、片山のスマートフォンとペアリングできたのだ。後は彼女に任せれば、情報を引き出したり、通話を盗聴したりと自由にできるらしい。

「和田《わだ》代議士の葬儀だ。株式会社ユースポアとして献花もしている。香典を出してくるんだ。基本的に自由民権党の議員と関係者には、存在を示しておかないといけない。『幽霊会社』と見られたら困るからな」

片山は笑った。

「遺体の身元は分かったんですか？」

和田代議士の別荘の焼跡からは三つの遺体が見つかっている。だが、性別が分からないほど損傷していた。そのため、鑑識がＤＮＡ鑑定と歯形を調べていたのだ。

「議員秘書の今井《いまい》の遺体は、ＤＮＡ鑑定ですぐに分かった。残りの二つの遺体の判定に時間が掛かったんだ。だが一つの遺体の歯形が和田代議士の歯形と四十％ほど一致した。残りの遺体は、代議士の私設秘書である川沼永雅《かわぬまながまさ》だろうと警察では考えられている」

片山は意味ありげに答えた。四十％ということは、歯形の鑑定も難しかったようだ。第三の死体の身元がまったくわからないために、和田代議士の死体と決めたのかもしれない。だが、片山の口ぶりでは知っているに違いない。

「片山さんのチームに名前はあるんですか？」

「チームの名前？　あえて言うのなら、我々はチーム・ユースポアだ」

片山はにやりと笑った。彼らは存在しない会社の社員と言いたいのだろう。聞くだけ野《や》暮《ぼ》であった。

「今日、会社にいた人たちも、チームの一員ですか？」

神谷は、相槌《あいづち》を打ちながらさりげなく質問を進めた。これは岡村に習った会話型尋問である。

「彼らはうちがよく使う外注で、〝夢一夜《ゆめいちや》〟という劇団員だ。化《ば》けるのがうまい。マスコミの対応にも慣れている。彼らに主旨《しゅし》を説明すれば、あとはアドリブでこなすんだ」

「応対してくれた女性は、何年も会社にいる感じでしたね」

神谷が混乱したのも、女性があまりにも落ち着き払っていたからだ。

「知っての通り、トレーニングしていた三人は私の部下だ。チームの人数は、そんなに多くはないよ。だが、内情はまだ詳しく教えられない。君は、入社テストに合格したが、まだ試用期間なんだ。本採用になったらいろいろ教えてやるよ」

片山にうまくかわされたようだ。質問に答えるのは、差し障《さわ》りのない話ばかりである。

神谷はまだ信頼されていないということなのだろう。

「試用期間？　それじゃ、給料はどうなるんですか？」

神谷も質問の方向を変えた。悪党には金には渋いと思わせるのが肝心だと、岡村からは教わっている。金に執着《しゅうちゃく》する人間は、悪に転びやすいからだ。

「試用期間は、一ヶ月で給料は、手取りで二十二万だ。口座を教えてくれれば、月末に振り込まれるようにする。何か、問題でも?」

片山は神谷をチラリと見て言った。

「二十二万、ですか。……六本木では働きすぎたな。割りに合わない」

神谷は大きな溜息を吐いてみせた。

「確かにな」

片山が声を上げげて笑った。

5・五月十四日AM1:00

五月十四日、午前一時。

神谷と脚立《きやたつ》を担いだ外山は、明治通りから路地裏に入った。

外山は、一昨日の夜、玲奈に叱られたために昨日の朝早く箱根から会社に帰ってきている。これから二人で広尾滋野ビルの十階と九階に盗撮カメラと盗聴器を仕掛けるのだ。

二人は非常時の脱出用具である〝安全助ける君〟を背負っている。この装備はバックパックとしても使えるため、建物に侵入するための様々な道具や盗撮カメラや盗聴器を入れてきた。

二人は広尾滋野ビルの手前で立ち止まり、ブルートゥースイヤホンを耳に差し込んだ。

「こちらブラボー。アルファ、応答せよ」

神谷はIP無線機で、会社の自室にいる玲奈を呼び出した。IP無線機はインターネット回線を使うため、距離に関係ないのだ。

——こちらアルファ。広尾滋野ビルの監視カメラの映像はすべてループ映像に切り替えたからいつでも侵入可能よ。ただし、ユースポア社の監視カメラのIPアドレスが分からないから、現在こちらからはコントロール出来ない。

玲奈は早口で説明する。コードネームは神谷の提案で、NATOが無線通話などで文字や数字を正確に伝えるために定めたフォネスティックコードを使うことにしたのだ。Aはアルファ、Bはブラボー、Cならチャーリーである。

「手順は分かっている。ありがとう」

神谷は頷いた。会社で玲奈から直接手順は聞いている。彼女は心配で改めて説明したのだろう。

——気を付けて。

玲奈の声が強張《こわば》っている。彼女は外出することが難しい。屋外の騒音や視覚的ストレスでパニックを起こす可能性があるからだ。それだけにもどかしいのだろう。

「久しぶりだから、緊張するな」

外山は額に浮いた汗をハンカチで拭った。

日中は二十六度まで上がった気温は十八度まで下がっており、どちらかというと快適だ。

彼は昔気質《かたぎ》の掏摸《すり》の技術を持っているが、泥棒としても超がつく高度な技術を持っている。二度逮捕されているが、いずれも仲間のミスで彼は一度も失敗したことがないそうだ。最後に逮捕されたのは八年前で、服役後は一切罪に問われるようなことはしていない。そのため、緊張しているのだろう。

神谷は広尾滋野ビルの駐車場から侵入し、一階のエントランスからエレベーターに乗って八階で下りた。二階は歯医者で、三階は不動産会社、四階は専門書の出版社、五階から七階まではテナントが入っていない。というのもテナント料が相場より高いからで、片山はもう少し安かったら八階も借りるつもりだったと言っていた。

灯の消えた非常階段を十階まで上がったところで、フロアーに出ないで階段に腰を下ろした。廊下に出れば、ユースポア社の監視カメラに映ってしまうからだ。

神谷はスマートフォンでＷｉ－Ｆｉの状況を調べた。現在、四種類のＷｉ－Ｆｉを検知できる。その中でも二つの電波が強いので、どちらかがユースポア社で使われているのだろう。画面の情報はスマートフォンに備わっている機能ではなく、玲奈の作ったアプリである。

「こちらブラボー。チャーリー、応答せよ」

外山に無線連絡をした。

――こちらチャーリー。もう少し、待ってください。

彼は駐車場にあるビルの主要電源装置をいじっている。

――こちらチャーリー。五秒間電源を切断します。

さほど待つこともなく、外山から連絡が入った。

「了解」

神谷はスマートフォンのＷｉ－Ｆｉの検知画面を見ながら答える。

ビルの電源が切れた。

画面のＷｉ－Ｆｉが一つ消えた。思った通り、一番強力な電波のＷｉ－Ｆｉである。五秒後、電源の回復とともにＷｉ－Ｆｉも復旧した。

神谷は再び画面に現れたＷｉ－Ｆｉの接続ボタンをクリックした。スマートフォンのＯＳの画面ならここでパスワードの入力が必要になる。だが、玲奈のアプリはすぐに時計マークが出てきた。パスワードを解析しているのだ。

十数秒後、Ｗｉ－Ｆｉは問題なく接続された。

「こちらブラボー。アルファ、応答せよ」

すぐに玲奈に無線連絡をした。

――こちらアルファ。Ｗｉ－Ｆｉの接続を確認。ちょっと待って。

連絡するより先に、彼女の方で確認していたようだ。神谷のスマートフォンを介して、彼女はユースポア社のネットワークに侵入し、監視カメラをハッキングしているのだ。

――こちらアルファ。監視カメラの映像をループ映像に差し替えたわよ。

「了解。ありがとう」

玲奈から連絡を受けた神谷は、階段室から廊下に出た。

——こちらチャーリー。エレベーターに乗りました。

「了解」

神谷は答えると、ポケットから白無地のカードキーを出した。片山から支給されたカー

ドキーは、ホテルなどでよく使われている磁気タイプで、ICチップは内蔵されていない。

玲奈によれば、スキャナーからカードのIDが読み込まれると夜中に侵入したことがばれるらしい。そのため、彼女は白無地のカードキーに、IDを読み飛ばしてドアを開けるコードを書き込んだのだ。

白無地カードキーでドアを開けて中に入ると、単眼の暗視スコープを出して内部を確認した。カウンターや机は配置されたままになっている。昨日の午前中に一社のマスコミが、会社が実在するか確認してきたらしい。二、三日はこのままにしておくそうだ。こんな偽装でマスコミは騙《だま》され、国民の税金が億単位で政治家に着服されるのだ。

ドアがノックされた。

「頼みます」

神谷はドアを開けて外山を入れた。

「失礼します」

脚立を担いだ外山は入ってくるなり、単眼暗視スコープで室内を見回した。

「何か手伝いましょうか？」

「大丈夫です」

外山は照明の下に脚立を立てて、さっそく作業を始めた。十分ほどで外山は盗撮カメラを天井の三箇所の照明に隠し、盗聴器を壁に備え付けの内線電話機と二箇所の電源タップに仕込んだ。

十階での作業を終えると二人は、下の階に移動した。九階も部屋の構造は同じなので、盗撮カメラと盗聴器の設置は外山に任せた。

——こちらアルファ、ブラボー、応答願います。

玲奈からの無線だ。

「こちらブラボー」

——駐車場にベンツが入ったわ。そっちに行くかもしれない。

「了解。ありがとう。外山さん、誰か来るようだ。撤収しよう」

「待ってくれ、あと少しで終わる」

外山は一番奥の照明に盗撮カメラを付ける作業をしている。

——こちらアルファ、何しているの！　早く撤収して、男がエレベーターに乗って九階のボタンを押したわよ！

玲奈はビルの監視カメラの映像を見ているのだ。

「外山さん、急げ、あと二十秒しかない！　走れ！」

神谷は叫んだ。

「えっ！　いっ、今、行く！」

外山は脚立を慌てて飛び降りると、派手《はで》に転んだ。

「痛てて」

外山は足首を捻ったらしい。

神谷は外山を担ぐと脚立を畳んで右手に持ち、部屋から夢中で出た。

エレベーターの到着を知らせる電子音が響く。

「くそっ！」

神谷は廊下を滑らせるように外山を階段まで投げ飛ばし、脚立をエレベーター側の壁に立てかけた。同時にエレベーターのドアが開く。

「おまえは……」

エレベーターから出てきた森本が、両眼を見開いている。

「あれっ、森本さん。こんな時間にどうしたんですか？　そんなスーツケースを持って」

エレベーターを背に立った神谷は、振り返って肩を竦めた。森本は小型のスーツケースを提《さ》げているのだ。

「おまえこそ、何をしている！」

森本は眉間に皺を寄せている。

「ひょっとして、森本さんも終電に乗り遅れて、倉庫で夜明かしするつもりですか？　スーツケースの中身は着替えだったりして」

神谷は森本を指差して笑った。視線の端にいる外山は、自力で階段を下りて行く。少々乱暴に扱ったが、大丈夫だったらしい。

「貴様、酔っているのか？」

森本はしかめっ面で首を振った。

「酔っていませんよ。少し、飲んだだけです。もっとも酒には弱いんですけどね」

神谷は右手を大きく左右に振って見せた。

「倉庫は、ホテルじゃないんだ。タクシーに乗って、さっさと帰れ！」

森本は面倒臭そうに言うと、神谷を押しのけた。

「ケチですね。分かりました。帰りますよ」

神谷はわざと吃逆《しゃっくり》をしながら答えた。

「まったく」

舌打ちをした森本は、ドアの向こうに消えた。

「ふう」

大きく息を吐いた神谷は、階段を下りた。

911代理店、三〇五号室。

マイク付きのヘッドセットをしている玲奈は、右のサブモニター見ながらキーボードをリズミカルに叩いた。

サブモニターには脚立を手にした神谷が、外山に肩を貸して広尾滋野ビルの階段を下りて行く姿が映っている。監視映像をリアルタイムで見られるのは玲奈だけで、映像の情報を保存しているサーバーはループ映像に差し替えていた。

「こちらアルファ。ブラボー、今ならエレベーターを使えるわよ。すぐに脱出して」

玲奈は無線で神谷に連絡をしながら、リターンキーを押した。

左のサブモニターに九階と十階の室内の映像が映し出された。外山が設置した盗撮カメラと盗聴器はユースポア社のＷｉ－Ｆｉを通じて接続させたのだが、ユースポア社側からはそれを知られないように偽装している。

――こちらブラボー、裏口から脱出。

神谷から連絡が入った。

玲奈は神谷らがビルの監視カメラから見えなくなると、広尾滋野ビルとユースポア社の監視カメラの映像を元に戻した。

「えっ？」

九階の盗撮カメラの映像で森本を見ていた玲奈が首を傾げた。自分のスーツケースから何か黒い物を取り出し、ジムエリアにあるロッカーに入れているのだ。

「やっぱり」

映像を拡大した玲奈は、眉を吊り上げた。森本がスーツケースから出したのは、ハンドガンだったのだ。

口封じ

1・五月十四日AM8：00

五月十四日、午前八時、911代理店。

神谷《かみや》は岡村《おかむら》と一緒に、三〇六号室の奥の壁に捜査資料を貼り付ける作業をしていた。ほとんどの資料は、岡村の部屋の壁に貼り付けられていたものだ。

神谷の提案で、冴子《さえこ》が帰宅したため再び空き部屋になった三〇六号室を捜査本部として活用することになった。

左端から二〇〇九年に総裁候補だった川中一昭《かわなかかずあき》議員の心臓発作での急死を皮切りに、時系列で並べ、一番右側に川谷香理《かわたにかおり》の自動車事故の資料を貼り付けた。

「この中で、ユースポア社はどこまで関わっているんだろう？」

資料を貼り終えた神谷は、独り言《ひとりごと》のように呟いた。片山が自衛隊を辞めたのは、五年前の二〇一五年である。それに彼の部下も三十代半ばとしたら、二〇一五年以前の事件は、彼らとは関係ないはずだ。

「片山の経歴を気にしているんだろう。彼はユースポア社の幹部に違いないが、リーパーの幹部とは限らないぞ」

岡村は深呼吸するように大きな息を吐き出すと、ポケットから電子タバコを出した。

「ユースポア社は、リーパーの末端組織ということですか？」

神谷は首を捻ると、全体を見るため壁から離れた。

「リーパーの実態は分からない。だが、闇の組織が関わった事件は、二〇〇九年以前からあったと思う。また、政府や政治家が関係する幽霊会社は、古くから存在している。ユースポア社もその中の一つなんだろう。あの会社の悪事だけ暴いても、背後の大きな悪を断つことは出来ないかもしれない」

岡村は電子タバコの煙を天井に向かってゆっくりと吐き出した。表情は硬く、疲れ切っているようにも見える
「どうしたんですか？　弱気なことを言って」

神谷は咎《とが》めるように言った。

「改めて事件を整理してみて、思ったのだ。君たちを巻き込んで良かったのかと」

岡村は小さく首を横に振った。

「何を言っているんですか？　社長。我が社の企業理念を忘れたんですか」

　神谷は岡村の肩を叩いた。企業理念は、『小悪党を眠らせるな』、『被害者と共に泣け』、『隣人に嘘をつくな』という三つの条項が謳《うた》われている。

ミスター検察と呼ばれた伊藤栄樹《いとうしげき》が、検事たちに向けて述べた訓示をもとにしたものだ。

「私は警視庁を辞任した際、正義を守るための大きな後ろ盾を失ったと自覚した。個人で相手に出来るのは、せいぜい小悪党だ。だが、リーパーは調べれば調べるほど、巨大な組織らしいことが分かってきた。彼らは巨悪であって、小悪党じゃないんだよ。それに玲奈君から、拳銃を所持していることも報告された。私だけならともかく、君らまで命のやり取りをするようなことになれば、私としては立つ瀬がない。巻き込んで申し訳ないとも思っている」

岡村は大物政治家と情報取引をした直後に、殺されかけたことで臆病《おくびょう》になったのだろう。拳銃に関しては予測できる範囲であり、警察出身者が驚くようなことではない。

「事故じゃあるまいし、巻き込むという表現は変ですよ。我々はみなこの会社で正義を求め、自分の意志で参加しています。俺にとって社長は捜査一課の課長です。あなたが捜査方針を迷ったら、捜査員である我々は動けなくなる。我々以外の誰が、この捜査をできるんですか？　自分と仲間を信じてください。一生小悪党を相手にするつもりですか？」

神谷は岡村の肩を摑んで揺すった。

「企業理念か。私の意志が試されているな。巨悪を前に撤退するところだった」

首を左右に振った岡村は、苦笑した。

「俺はなんと言われようと、潜入捜査を続けますよ」

神谷は捜査資料を見ながら言った。

「入社試験なんてのもあったんだろう？　大丈夫なのか？」

岡村にはその都度報告しているが、心配しているのだろう。

「大丈夫ですよ。まだ試用期間らしいんですが、試験にはパスしましたから。心配のしすぎです」

神谷は笑って答えた。

「日本は米国と違って潜入捜査は、基本的に許されていない。特例もあるが、潜入捜査はグレーゾーンなんだ。そのため刑事歴が長い私でさえ、経験がない。だから、君に体験に基《もと》づいたアドバイスも出来ないんだ。心配するのも当然だろう」

岡村は思い出したように右手の電子タバコを吸った。

「それなら、世界中を旅し、様々な職業を経験した私は向いていますよ。何にもでも化ける自信はありますから」

「君は器用だから、それは出来るかもしれない。だが、問題は君が悪人でないことだと思う。これはソタイの友人から聞いたが、彼らはマル暴と対峙《たいじ》する関係で相手から舐《な》められないように振る舞う。結果、見た目も態度もマル暴と変わらなくなるんだ。たまにマル暴以上にマル暴になる警官がいる。そういう連中には、マル暴が慕《した》って情報を流すんだ。だからソタイでは優秀といえる。だが、彼らはそうなったがために人の道を外れることがあるそうだ」

ソタイとは組織犯罪対策部のことである。

「私が心から悪人にならないと、うまくいかないと言うんですか？」

神谷は腕組みをして唸った。入社試験にパスしたもののまだ試用期間だと言われた。本採用になるには、彼らにさらに信用されなければならないだろう。あらたな試験を受けさせられる可能性は十分にあり、非合法な活動かもしれない。

「いや、君が悪人になっては困るよ。いい例は、木龍《きりゅう》だろう。あいつは非合法なことも平気でするが、根は善人だし、悪を憎んでいる。だが、それを知っているのは、ごく僅かな人間だけだ。あの社会で地位を築き、信頼もされている。だからこそ、有益な情報を集められるんだ」

「なるほど、木龍を疑うヤクザはいないでしょうね」

神谷は大きく頷いた。

ドアがノックされ、四台のノートPCを両手で抱えた沙羅《さら》が入ってきた。

「おはようございます。お二人とも早いですね」

沙羅は二人にお辞儀すると、捜査資料を貼り付けた壁と反対側の壁際に設置した二つの長机の上にノートPCを置いて電源を繋げた。この部屋を本格的に捜査本部にするため、社員は各自の部屋ではなく、できるだけこの部屋に集まって仕事をすることになったのだ。

「食堂に外山《とやま》さんがいらしたので、間もなくこちらにいらっしゃると思います。尾形《おがた》さんと貝田《かいだ》さんがいないのは、寂しいですね」

ノートPCを立ち上げて設定しながら沙羅は言った。玲奈が尾形に「用はない」と毒舌を吐いたことなど彼女は知らないようだ。

沙羅は四台のノートPCにそれぞれ異なった映像を映し出した。右から順番に広尾滋野ビルの監視映像、その次がビルの九階の盗撮カメラの映像、その次のモニターには十階の盗撮カメラの映像である。残りの一台は、別の作業ができるように用意したのだ。

「画面はクリアだな。さすがにこの時間は無人か」

監視映像を見た神谷は、笑顔になった。苦労した甲斐《かい》があるというものだ。

「今日の予定はどうなっているんですか？」

沙羅が尋ねてきた。

「いつもと一緒で九時出社だよ。もうこんな時間か。それじゃ、行ってきます」

神谷は腕時計で時間を確かめ、部屋を後にした。

2・五月十四日AM8：56

五月十四日、午前八時五十六分。

神谷は、広尾滋野ビルのエレベーターを九階で下りた。十階はマスコミ対策として〝株式会社Jトレーディング〟が当分使うことになっている。

政府が新型コロナで大打撃を受けている旅行業界を救済するために行う国内旅行需要喚起事業の運営を、実施事業者の一つとしてJトレーディング社が請け負っているのだ。

Jトレーディング社は三つの広告代理店に業務を委託している。政府から百六十億円の資金を受け取り、それを三等分して送金するだけで、実質的な仕事はほとんどない。マスコミが騒ぐのも当然で、中間手数料として十パーセントの十六億円を受け取ることになっている。十六億円の手数料が掛かるという名目の偽装を十階で行っているのだ。

Jトレーディング社の株主に自由民権党の三上《みかみ》幹事長の実弟隆信《たかのぶ》の名がある。十六億円は隆信が労せずして受け取り、三上も分け前を貰うのだろう。あるいはその逆か。

ドアノブ下のスリットに磁気カードキーを差し込んだ。

「ふう」

軽く息を吐き出した。ドアロックが解除される音でほっとしたのだ。自然に振る舞っているつもりだが、やはり緊張しているらしい。

磁気カード式なのは、カードの発行と無効を容易にする必要があるからだろう。二つのフロアの鍵を受け取っているが、正社員とはいえないのでいつまで使えるかは保証されていないのだ。

片山《かたやま》はロッカー前に置いてある背もたれのないベンチに座り、煙草を吸っていた。

「おはようございます」

神谷は、片山に軽く頭を下げた。今日は他に誰もいない。

「おはよう」

煙草の煙を吐き出しながら、片山は答えた。

「誰もいないんですね」

神谷は部屋を見回した。さりげなく夜中に設置した盗撮カメラを確認したのだ。

「急な仕事が入ってね。森本らは出張している」

片山は咥《くわ》え煙草をして冷蔵庫から缶コーヒーを出すと、一つを神谷に投げ渡した。ベンチから立ち上がる際に、顔をしかめた。足か腰の古傷が痛んだのだろう。

「どうも」

神谷は近くのトレーニングマシンに腰を下ろし、缶コーヒーのプルトップを開けた。

「いまさらだが、どうしてSATを辞めたんだ？」

片山は煙草の煙を燻らせながら尋ねてきた。

警察は転属や出向の際、一度退職したことになり、新しい部署で新たに採用という形をとる。スカイマーシャルに転属した時も同じで、神谷はSATが所属している機動隊を二〇一四年に退職したことになっていた。

「SATの隊員は、毎日、厳しい訓練に明け暮れても出動する機会はほとんどない。自衛隊と同じですよ。実戦がないから、いつしか目的を失ってしまう。心が折れると、厳しい訓練に耐えられなくなる。それで、警察を辞めて世界を旅したというわけですよ。もっとも日本に帰ってきたら無一文になっていたけど」

苦笑した神谷は、缶コーヒーを啜った。

「自衛隊と同じか。ほとんどの自衛官は訓練以外で銃を使用することはない。自衛隊は創立以来、軍事目的で人を殺害したことがない平和な組織だと海外の軍隊から揶揄《やゆ》されている。にもかかわらず市民団体が、自衛隊は人殺し集団なんてほざくんだ。その癖、災害時は掌を返して助けてくれと言う。あいつらはクズだ」

片山は市民団体に恨みでもあるのか、険しい表情で言った。

「ひょっとして、片山さんは自衛隊出身なんですか？」

神谷は尋ねた。

「そうだ。怪我が因《もと》で、何年も前に除隊になったよ」

片山は鼻先で笑った。何を馬鹿にしたのか分からないが、自嘲ではなさそうだ。

「とすると、あの三人もそうなんですか？」

全員の身元は分かっているが、神谷は反応が知りたくて尋ねた。

「詮索はそれくらいにしておけ。仕事だ。出かけるぞ」

片山は缶コーヒーに吸殻《すいがら》を捨てると、ジャケットを手に立ち上がった。無言でエレベーターに乗って一階まで下り、駐車場に入る。

「どちらに？」

神谷は片山の運転するベンツSクラスの助手席に乗り込んだ。

「質問が多いぞ」

片山は不機嫌そうな顔で車を出した。

明治通りを西に進み、天現寺から首都高2号目黒線に入る。神谷の質問を不快に思ったのか、片山は固く口を閉ざした。

「今日の仕事で、本採用かどうか決めるように上から言われている」

首都高速から東北自動車道に乗ると、片山はようやく口を開いた。

「仕事の内容を聞いちゃまずいですか？」

神谷は遠慮がちに尋ねた。片山は相変わらず仏頂面《ぶっちょうづら》なのだ。

「自由民権党の四原淳子《しはらじゅんこ》議員に悪質なストーカーがいる。その男を見張るんだ」

片山の顔が険しくなった。

「……了解です」

神谷は質問を飲み込んだ。本当はそんなことは警察に任せればいいんじゃないか、と言いたかったのだ。

途中で渋滞もあり、二時間半後の十一時五十分に宇都宮《うつのみや》市内に到着した。

片山はJR宇都宮駅に近いコインパーキングに車を入れた。昼時ということもあり、二人は駐車場の近くにある食堂で昼食を食べた。だが、片山はパーキングに戻ると車の中で昼寝をはじめたのだ。日が高い内は行動しないのかもしれない。

神谷は車を降りて、スマートフォンを出した。気温は二十八度あるが、西風のせいでさほど暑くはない。

「神谷です。今、宇都宮にいます。すみませんが、自由民権党の四原淳子議員のことを調べてもらえますか」

神谷は沙羅に電話を掛けた。

——四原淳子議員ですね。了解です。神谷さん、一人ですか？

沙羅はいつものようにおっとりした口調で尋ねてきた。

「いや、片山と一緒だよ」

――本当ですか？　神谷さんにペアリングしてもらったスマートフォンは、検知できませんよ。おそらく電源が切られていると思います。

「えっ、本当か？」

神谷は声を上げた。昨日、片山のスマートフォンを確かにペアリングしている。

――ひょっとして、片山さんは、スマートフォンを何台も使い分けているんじゃないですか？

沙羅の声が幾分高くなった。おっとりとした口調のまま驚いているようだ。

「だとしたら、またペアリングしてみるよ」

神谷は頭を掻きながら言った。片山らは細心の注意を払って行動しているに違いない。

――無茶しないでくださいね。

「大丈夫。ありがとう」

神谷は沙羅の優しい声に後ろ髪を引かれつつ、通話を終えた。

3・五月十四日PM6：50

午後六時五十分、宇都宮。

片山の運転するベンツは、水戸《みと》街道から入った路地に停められている。

神谷は、助手席から近くにあるマンション〝メゾン宇都宮〟の三階の角部屋を見つめていた。日が暮れてマンションは歯抜け状態で照明が灯っている。まだ、帰宅していない住民も多いようだ。

　片山は二時間ほど昼寝をした後に、森本から連絡を受けて動き出した。やる気がなかったわけではなく、連絡待ちをしていたようだ。

　三階の角部屋である三〇一号室の住民は、大貫洋治《おおぬきようじ》という市内で二つの飲食店を経営する四十九歳の男らしい。新型コロナの流行で客足が途絶えたために経営は破綻《はたん》し、借金取りから逃げ回っているそうだ。

　森本らは昨日から宇都宮周辺で大貫の行方を追っているらしい。片山に電話を掛けてきた四時間前に大貫の姿を一旦捉えたらしいが、また見失ったようだ。そのため、片山は大貫の自宅を見張り、森本らは彼の店を監視することになった。

「大貫は、四原議員にストーカー行為をしていると聞きましたが、議員は東京にいるはずです。宇都宮の自宅を見張っていてもいいんですか？」

　神谷は欠伸《あくび》を嚙み殺しながら尋ねた。灯りの消えた部屋を見張っているのに正直言って飽きたのだ。四原のことは、沙羅に調べさせた。宇都宮市内の病院で生まれ、高校卒業前に東京に引っ越ししている。四原は大貫の一つ年下で関係しているとしても、三十年以上も前の話だろう。本当にストーカー行為をしているのか、怪しいものだ。

　四原は十八歳の時にアイドルユニットの一人として芸能界デビューしたが、ヒット曲に恵まれず、四年後にユニットは解散した。以後はバラエティーで活動していた。

芸能界は八年前の四十歳の時に引退し、介護士の資格を得ている。その後、足立《あだち》区の老人ホームで介護の仕事をしていた。一年後彼女の仕事ぶりが認められ、雑誌に介護のコラムを持つようになる。私生活はいたって穏やかで派手さはなかった。

彼女が世間を驚かせたのは、二〇一六年の選挙である。新潟県から自由民権党の推薦《すいせん》を受けて立候補し、当選したのだ。彼女のコラムでの発言力といまだに衰《おとろ》えぬ美貌《びぼう》が、自由民権党の幹部の目に留まり、口説《くど》き落とされたらしい。政界では一期目の新人であるが、物怖《ものお》じせぬ発言で脚光を浴びている。

沙羅がインターネットで調べる限り、彼女にストーカー被害があるという話はない。彼女のアイドル時代からのコアなファンが、いまだにファンレターを寄越すぐらいだそうだ。アイドル時代に元暴走族という過去を暴露《ばくろ》されたが、それを逆手《さかて》にとってバラエティーでは強面《こわもて》キャラとして活躍していた。

「大貫は若い頃、暴走族のリーダーだったらしい。四原議員は、中学時代から大貫と付き合っていた。というか彼女も暴走族に所属していたのだ。地元では知る人ぞ知る話だと聞いている」

片山は溜息混じりに言った。

「本当ですか！」

神谷はわざと驚いてみせた。

「四原議員が元芸能人だということは知っているな。たまたま芸能プロダクションの社長が、池袋《いけぶくろ》の繁華街で見かけた高校生の彼女を直接スカウトした。美貌もさることながら、危ない魅力に惹かれたそうだ。その社長は、大貫に手切金というか口止め料を支払って四原議員と別れさせた。大貫はそのまま一生おとなしくしていればいいものを、このコロナ禍で店の経営が悪くなり、三十年前に泡銭《あぶくぜに》を得たことを思い出したらしい。議員に当時のヌード写真をばら撒くと脅し、金を要求しているのだ」

片山は渋い表情で言った。

「いわゆるリベンジポルノというやつですね。それで、警察には任せられないのですか」

神谷は大きく頷いた。片山は、嘘は吐いていないだろう。だが、その始末の方法が気になる。彼らなら、大貫を自殺と見せかけて殺しかねない。それを防ぐには、証拠の写真を回収すべきだろう。

「どこに隠れたんだか」

片山はポケットから煙草を出すと、ウィンドウを開けて火を点けた。

「借金取りから逃げ回っているのなら、あの部屋には寄り付かないでしょう。ガサ入れしたんですか？」

「ガサ入れ？　まだそこまで手を回していない。合鍵を手に入れようとすれば管理会社に金を渡したり、意外と手間が掛かるんだ。管理会社が大手だったら、金で解決できない場合もあるしな」

片山は首を振ると、車外に煙を吐き出した。

「鍵なら、簡単に開けられますよ」

神谷はにやりとした。

「どうやって？」

片山は首を傾げた。

「これですよ、これ」

神谷は内ポケットから革製の小さなケースを出し、中をみせた。貝田が開発したピッキングツールである。

「まさか、それは…」

片山は両眼を見開いた。

「手先は、器用なんですよ」

神谷は笑って答えた。ピッキングツールならいつも持ち歩いている。911代理店の社員なら常識なのだ。

二人は〝メゾン宇都宮〟のエントランスから出てくる住人に、さりげなく会釈をして侵入した。さすがに監視カメラがあるエントランスの鍵をピッキングすることは出来ないため、住人が出てくるのを待っていたのだ。二人ともグレーのスーツを着ているので、住人は笑顔で会釈を返してきた。

二人は監視カメラに映らないよう、階段を使って三階に上った。

「見張っていて下さい」

神谷は左手だけ使い捨てのナイロンの手袋を嵌めると、あらかじめ用意していたピッキングツールを鍵穴に差し込んだ。右手は繊細《せんさい》さが要求されるので、いつも手袋を嵌めないようにしている。どこにでもあるシリンダーキーを、十秒ほどで開けた。

「驚いた。こんな裏技を持っていたのか」

片山が口笛を吹いて感心した。

神谷は小さく頷くと、先に部屋に忍び込んだ。廊下の右手にある小部屋を確認すると、反対側の洗面所と風呂場を見て、その先に進む。突き当たりのドアを開け、リビングとキッチンを確認すると、反対側の部屋も覗いた。無人である。

「一週間は帰ってないようですね」

遅れて入ってきた片山に言った。キッチンの流しには洗っていない食器が残されており、食べかすにカビも生えていたのだ。

「そのようだな。それじゃあ、手分けして調べるか」

片山は、リビングの隣りにある部屋に入った。

「それじゃあ私は、玄関近くの部屋から見ていきます」

神谷は、廊下を戻り小部屋に入った。六畳ほどの広さで、段ボール箱がいくつも積み上げてある。右手にも使い捨てのビニール手袋を嵌めた。手袋はピッキングツールのケースに折り畳んで何枚も入れてある。鍵のご相談課の仕事で引き受けた時も、犯罪に巻き込まれないために指紋は一切残さないようにするのである。

段ボール箱は、十六個あった。中身をすべて確認したが、紙ナプキンとか割り箸といった飲食店に使う備品ばかりで怪しいものはない。

「神谷、こっちに来てくれ」

片山が呼んでいる。

「どうしました?」

リビングの隣りの部屋を覗いた。

「この部屋もリビングもすべて調べたが、写真やフィルムはなかった。残るはこのパソコンだけだが、パスワードがかかっている」

片山は、肩を竦めてみせた。パソコンデスクの上にノートPCが置いてある。起動させてあるが、パスワードを入力する初期画面のままなのだ。

「私なら、二、三十分いただければ、解除することができると思います。任せてください」

神谷は腕時計で時間を確認しながら答えた。時刻は午後七時十八分になっている。玲奈《れいな》はすでに目覚めている時間だ。彼女なら一分と掛からずに開けられるだろう。

「頼もしい。……ちょっと待ってくれ」

片山は呼び出し音を鳴らすスマートフォンを耳に当てた。

「そうか。分かった。私もすぐそっちに行く」

片山は、頷きながら笑った。スマートフォンから漏れてくる声は、森本のようだ。

「大貫が見つかったようだ。後は頼んだぞ」

通話を終えた片山は、神谷の肩を叩いて部屋を出て行く。

「私一人でここにいるんですか？」

神谷は慌てて尋ねた。片山と一緒にいるのは、その仕事を監視するためでもあるのだ。

「大丈夫だ。連絡する」

片山は振り返りもせずに部屋を出て行った。

4・五月十四日PM7：20

午後七時二十分、宇都宮、〝メゾン宇都宮〟三〇一号室。

神谷はスマートフォンで、玲奈に電話をかけた。

――どうしたの？

玲奈はいつもよりも低い声である。普段通りなら、目覚めてからまだ二十分ほどしか経っていないはずだ。眠いのかもしれない。

「助けてほしいことが、二つあるんだ。一つは、ノートPCのパスワードを解除しなければいけない。二つ目は、片山と別行動になってしまった。至急、片山のスマートフォンから情報を得てほしい。新たなスマートフォンは、ペアリングしてある」

神谷は手短に言った。

——沙羅から聞いている。すでに片山のスマートフォンは盗聴モードにしてあるわ。彼がポケットから出せばカメラを起動させて、盗撮もしてみる。監視活動は、私が直接する。

いつもながら玲奈は頼もしい。捜査本部とした部屋には岡村と外山が詰めている。玲奈は、沙羅と違って絶対に彼らと一緒に作業はしないので自室にいるのだろう。

「助かった。それじゃあ、ノートPCのパスワードを解除したいんだけど、Wi-Fiをまずハッキングするだけでいいかな?」

——いけない。パスワードを自動解除するUSBメモリを渡しておけばよかった。

玲奈の鋭い舌打ちが聞こえた。

「そんな便利なものがあるのか」

舌打ちしたいのは、こっちの方である。

——簡単なハッキングもできない人たちは、本当に困るんだよね。とりあえず私のアプリでWi-Fiに接続し、ネットワークに入って。あとは私がやる。

通話は向こうから切られた。かなり、馬鹿にした口調である。ノートPCのパスワードを解除するということは、OSのセキュリティを破るということなのだ。一般人に簡単にできるはずがない。文句も言いたくなるが、いつものように大人の対応をした。

神谷は大貫の部屋にあるWi-Fiのルーターの近くで、自分のスマートフォンのアプリを開いた。マンションだけにいくつもWi-Fiは検知できるが、迷うことなく一番強力なWi-Fiを選んだ。

十数秒後、玲奈から電話がかかってきた。

──パスワードは解除した。片山は町外れに向かっているみたいだよ。

玲奈はシステムにハッキングしながら、片山の動向を調べていたようだ。

「ありがとう。助かったよ」

神谷はさっそくノートPCを覗いてみた。

「あったぞ」

目的の写真はすぐ見つかった。ご丁寧に四原と記されたフォルダーがデスクトップ上にあり、その中に十数枚の画像データがあったんだ。どの写真も、四原の裸の写真である。性器に手を当てている卑猥《ひわい》な写真まであった。

「待てよ……」

画像を一点一点確認した神谷は、首をひねった。どの写真も注意深く見ると、顔と体のバランスが悪いのだ。プロに確認させればはっきりすることだが、これは合成写真に違いない。それにどう見ても、三十年前の高校生時代の写真には見えないのだ。顔は間違いなく四原だが、大人っぽい。だがこんなインチキな写真でも世間に公表すれば、大貫と付き合っていた事実があるだけに四原は議員としての立場をかなり悪くするだろう。ことによっては議員辞職もあり得る。

「本当に卑劣《ひれつ》な奴だ」

神谷はスマートフォンで、片山に電話した。だが、「現在使われていない」というアナウンスが流れるだけである。

「しまった」

神谷は、自分の額を叩いた。片山はいつもと違うスマートフォンを使っている。すでにペアリングしているため、電話番号もすべて分かっているが、彼から聞いたわけではないので、電話をかけるわけにもいかない。向こうから電話がかかってくることを待つほかないのだ。

「片山の現在地は、分かるかな？」

神谷は玲奈に確かめた。

――街の北にある長岡《ながおか》公園よ。人目につかない所を選んでいるようね。盗聴モードにしているけど、ポケットの奥深くに入っているのか、よく聞き取れない。ただ、時々男の怒鳴り声が聞こえる。あとで解析してみるけどひょっとすると、拷問《ごうもん》でもしているかもよ。

玲奈が悪戯《いたずら》っぽく言った。彼女は冗談《じょうだん》のつもりらしいが、笑えない。

「可能性は十分に考えられる。それから、パソコンから猥褻《わいせつ》な画像を見つけた。だけど合成写真のように見えるから、そっちで調べてくれる？」

――了解。任せて。

玲奈の鼻息が聞こえた。珍しく笑ったらしい。「猥褻」という単語に反応したのだろう。

「頼む」

神谷は小さく息を吐き出し、スマートフォンをパソコンデスクの上に置いた。ミスではないが、片山に連絡できないためどうしようもない苛立ちを覚える。

三十分後、パソコンデスクのスマートフォンが、呼び出し音を上げた。

――どうだ、パソコンは開けたか？

「もちろんです」

神谷は耳をすませながら答えた。片山の声以外の音が気になるのだ。さきほどとは違う場所にいるらしい。

――議員の卑猥な写真はあったか？

「ありましたが、どれもこれも合成写真のように見えます。おそらくアイドル時代の写真を集めて、それを適当に猥褻な画像と合成したのでしょう。高校生が化粧《けしょう》してセックス中にヌード写真を撮らせるとは思えませんから」

――なるほど。大貫の自白と一致するな。そのパソコンは、何もしないで持ち出してくれ。下手にデータを消去しても、まずいからな。パソコンごとないほうが安全だ。悪いが、駅の西口にあるハンバーガーショップで待っていてくれ。迎えに行く。

「あっ」

質問しようとしたら通話は切れた。仕方なく、ノートパソコンを小脇に抱えて部屋を出ると徒歩で駅に向かった。

十分ほど歩いて駅の反対側に出ると、ロータリーの端にあるハンバーガーショップを見つけた。だが、車が停められるような場所ではないため、店の前で待つことにした。

片山のベンツは、五分ほどで現れた。

「待たせたな」

片山は酷く疲れた顔をしている。

「運転を代わりましょうか？」

神谷は運転席側に立って尋ねた。もともと帰りは運転するつもりだったのだ。

「そうか、すまない」

片山はゆっくりと車を降りてきた。まるで一回りも歳を取ったかのように重い足取りで助手席に乗り込む。

「大貫とは、ケリがついたのですか？」

ハンドルを握った神谷は、車を出しながら尋ねた。

「明日の新聞を見れば分かる」

片山は突き放すように言うと、シートを倒して目を閉じた。

偽装テロ

1・五月十五日AM9：55

五月十五日、午前九時五十五分、光が丘公園。

トレーニングウェア姿の神谷《かみや》は、爆破事件があったトイレの前の遊歩道に佇んでいた。

事件から一週間近く経っているが、男子トイレは赤いコーンが置かれて封鎖されたままになっている。トイレの壁に張り紙があり、五月下旬に使用可能になると記されていた。

昨日の午後十時四十分、神谷は宇都宮からベンツでユースポア社がある広尾に戻った。その際、助手席に乗っていた片山《かたやま》から「当分、仕事はないから自由にしてくれ」と言われたのだ。

「いまさら、事件現場を見たところでどうしようもないぞ」

背後から声を掛けられた。野鳥観察エリアから来たらしい。公園の南の端にある駐車場から、北側にあるトイレまで来るには、野鳥観察エリアを抜けた方が早いからだろう。

「尾行はされていないだろうな」

振り返った神谷は、男が来た野鳥観察エリアに向かって歩き出した。

「おまえの勘は当たっていた。爆発現場で見つかった紙片は科捜研で分析し、〝鍵技能士アカデミー〟の入門届出用紙と一致した。だからと言って貝田《かいだ》の無実に繋がるどころか、嫌疑は深まるはずだ。一体、何を考えているんだ？」

苛立った男は、神谷の肩を摑んだ。畑中一平《はたなかいっぺい》、警視庁捜査一課三係主任であり、神谷の警視庁時代の同期である。少々頭は固いが、信頼がおける男だ。それに世話好きで、帰国した神谷は、何度か仕事を紹介された。だからとはいえ、恩人というほどでもない。

神谷は貝田の部屋から〝鍵技能士アカデミー〟の入門届出用紙を見つけ出し、畑中に送って事件現場に残っていた紙片と比べるように分析を依頼していた。

「黙ってついてこい」

神谷は六十メートルほど歩いて野鳥観察エリアにある東屋《あずまや》のベンチに座り、足元に手提げバッグを置いた。

気温は十八度、木々に囲まれた東屋に初夏の微風が心地いい。

「会社の同僚の無実を晴らそうと思っているらしいが、証拠は揃っている。そもそも、真犯人が貝田の指紋を使うために〝鍵技能士アカデミー〟の入門届出用紙を使ったというおまえの話は、どうやって証明するんだ？」

畑中は、神谷の対面にあるテーブルのようなベンチに座って捲《まく》し立てた。畑中には捜査に役立つ情報を渡すので、行き先を誰にも告げずに来るように言ってある。犯行現場に呼び出されたので腹を立てているのかもしれない。

にやりとした神谷は、足元のバッグからタブレットPCを出した。

「これは、うちの会社の監視カメラの映像だ。この男は、佐川義彦《さがわよしひこ》と名乗っていたが偽名だった」

神谷はタブレットPCに監視映像を表示させた。貝田は入門届出用紙を取りに来た人物には、必ず日付と記名を求めていた。生徒を増やすならネットやメールを経由して電子書類を送るのが、一番手っ取り早い。だが、ピッキング技術を教えるだけにやたらと募集することもできない。手渡しにして連絡先を聞くのは、犯罪目的で入門を希望するような連中を防ぐのが目的である。

神谷は沙羅《さら》に、貝田が付けていた台帳に載っている人物を、全員身元確認するように頼んでいた。その中で唯一連絡が付かない佐川と名乗る男を監視映像で確認した。さらに顔写真を玲奈《れいな》に調べさせていたのだ。

「撮影時間は、今月の八日、午前九時四十五分だ。男は、川沼永雅《かわぬまながまさ》、三十四歳、ピンとこないか？」

神谷はタブレットPCの映像を拡大してみせた。ジーパンにトレーナーとラフな格好をしているが、玲奈が顔認証ソフトで川沼であると確認している。彼女は、インターネットだけでなく、報道機関のサーバーから和田《わだ》代議士に関わるあらゆる映像や写真を集め、その中から川沼を割り出したのだ。

「川沼？……まさか、箱根の別荘で焼死した和田代議士の秘書の川沼永雅か？」

両眼を見開いた畑中は、腰を浮かせた。

「焼死体の一つを川沼だと神奈川県警では見ているはずだ。だが、まだ生きている。死体は別人に違いない。あらかじめ死体は用意されていた可能性もある。川沼は別荘に火を放った、あるいは犯人らを引き入れたのだろう。和田代議士を殺害したのもこの男かもな」

神谷はタブレットPCの画面を指先で叩いた。

「それが本当なら、大変なことになる。その映像をくれ」

畑中が身を乗り出してきた。

「焦るな。話はまだ終わっていない」

神谷はタブレットPCに別の画像を表示させた。

「おいおい、朝っぱらからなんだ」

慌てた様子で畑中は周囲を見回した。東屋は神谷と畑中だけである。近くの遊歩道を老人が散歩しているが、タブレットPCの卑猥な画像は見えないだろう。

「女の顔に見覚えはないか？　元ネタは三十年ほど前だが、顔はあまり変わっていない」

大貫《おおぬき》が作成した偽の四原《しはら》のヌード写真である。大貫のパソコンは片山に渡したが、玲奈がパソコンをリモート操作した際に中のデータはすべて彼女がダウンロードしたのだ。

「……こっ、これは、自由民権党の四原淳子《じゅんこ》代議士か！　いったいどこで手に入れた！」

畑中は声を上げ、慌てて右手で口を押さえた。

「大貫洋治《ようじ》という四原代議士の元カレが、この写真で彼女を強請《ゆす》っていたらしい。もっとも、合成写真だがな」

神谷は眉間に皺を寄せて言った。見るだけで不愉快な写真なのだ。

「四原代議士は、警察に通報しているのか？　いや、待て、この男が逮捕されたとは聞いていない。どうなっている？」

畑中は腕組みをして睨みつけてきた。

「昨夜、宇都宮の競輪場通りの高架橋から飛び降りて、ＪＲ上野《うえの》東京ラインの列車に轢《ひ》かれたと今朝の朝刊に掲載された。栃木県警では、自殺と事故の両面で捜査すると発表している。だが、これは、殺しだ」

神谷はスマートフォンを出し、音声を流した。

――たっ、助けてくれ。お願いだ。……もう二度としない。……本当だ。死にたくない。二度と、……四原議員を脅すような真似《まね》はしない。……許してくれ。

男の叫び声と、物を叩くような鈍《にぶ》い音が交互にスマートフォンから流れた。ペアリングした片山のスマートフォンが拾った音を玲奈が増幅し、雑音を消去してなんとか聞こえるようにしたのだ。

「こっ、これは……」

口を大きく開けた畑中が、神谷を見た。

「現場にいたわけじゃないから断言出来ないが、この直後に大貫は、高架橋から投げ落とされたのだろう。拷問した傷痕《きずあと》を誤魔化《ごまか》すために線路に投げ落としたんだ。列車に轢かれ止められなかったことを後悔しているのだ。


たら肉片になる。鑑識でも調べようがないからな」

　神谷は大きな溜息を吐いた。大貫は憎むべき人間だったが、片山らが彼を殺害するのをを止められなかったことを後悔しているのだ。


「貝田の事件と何の関係がある？」

　畑中は半目にして、息を整えて聞いてきた。

「最初に断っておく。この事件に手を出せば、殺される可能性がある。それでも、知りたいか？　この場所にわざわざ呼んだのは、事件現場だからじゃない。おまえの安全を図ってのことだ」

　神谷はタブレットPCをバッグに仕舞うと、畑中を射るような視線で見た。

「馬鹿にするな！　俺は一課の刑事《デカ》だぞ。殺人事件を見逃せるか！」

　畑中は両の拳を握り締めて言った。

「911代理店の社長である岡村《おかむら》は、現役時代から自由民権党に関わる不審な自殺や事故死を単独で調べていた。だが、それが元で彼は汚職警官の汚名を着せられ、退職にまで追い込まれた。それでも岡村は諦めずに捜査を続けた。和田代議士は、岡村に情報を流すと約束したために殺害されたんだ」

「火事は偽装なのか？」

「あの場に岡村も居合わせ、命からがら脱出している。俺も和田代議士の車に乗っている岡村を目撃した。貝田に罪を着せて逮捕されるようにしたのは、敵は911代理店を陥れ《おとしい》て岡村を炙《あぶ》り出すつもりだろう。そして俺に接近して味方になるように持ちかけてもいる。それも、情報を得るためだ」

「岡村は汚名を着せられたというのか……」

畑中は絶句した。彼は岡村の噂を信じていた一人である。

「箱根の事件で彼は負傷し、今は身を隠している」

「そうだったのか……」

畑中は上目遣いで見ている。まだ半信半疑なのだろう。

「自由民権党は、暗殺も厭《いと》わない始末屋とでも言うべき組織と関わっている。党や政府に不都合な人間を、その組織に依頼して密かに殺害してきたのだ。株式会社ユースポアという名前を聞いたことはあるか？」

神谷は声を潜めた。

「昨年政府が発注した医療品に関わっていると聞いたことがあるな。実体がないと騒がれたが、ちゃんとした会社だったということでマスコミが陳謝していた。あの会社がどうした？」

畑中は首を捻っている。

「ユースポア社は、闇の組織の下部組織だと思われる。少なくとも川谷香理《かわたにかおり》代議士、和田代議士、大貫の殺害に関わっているはずだ」

「本当か！」

「俺は今、ユースポア社に潜入捜査をしている。新たな情報が得られたらまた提供するつもりだ。おまえは、今は絶対動くなよ。本店にモグラがいるからな」

神谷は立ち上がった。本店とは警視庁のことである。

「しかし、こんな情報を聞かされて、俺はどうしたらいいんだ？」

畑中も腰を上げた。

「岡村さんを辞職に追い込んだ連中の名前は分かっている。また、岡村さんが信頼している人物もリストアップした。とりあえず、名簿はおまえに送る。裏組織と関わりある連中に気付かれないように、そいつらを調べろ。絶対自由民権党との繋がりがあるはずだ。だが、下手に動けば、おまえも消されるか、辞職に追い込まれるぞ。信頼できる仲間と検事を選ぶんだな。いつでも動けるようにしてくれ」

「分かった。信頼できる上司は何人かいる。同僚もな」

畑中は大きく頷いた。

「俺が情報源だと絶対ばらすなよ。殺されるのは、俺だからな」

不敵に笑った神谷は、遊歩道を走って立ち去った。

2・五月二十二日PM4：40

五月二十二日、午後四時四十分。

神谷は片山に呼び出され、ジープ・ラングラーのハンドルを握っていた。

今回も急ぎの仕事らしい。しかも、今日は〝広尾滋野ビル〟でなく、芝浦《しばうら》にある倉庫を指定されている。

片山からは、宇都宮の一件があってから一週間以上音沙汰《おとさた》がなかった。ユースポア社が必要とされるような闇の仕事は、頻繁《ひんぱん》にはないということなのだろう。それでも神谷は、〝広尾滋野ビル〟の九階にあるジムに毎日通った。盗撮カメラが設置してあるので、911代理店からでも監視活動は出来るのだが、情報収集するために行ったのだ。

片山は現れなかったが、森本《もりもと》や塩見《しおみ》や進藤《しんどう》らとはたまに顔を合わせた。彼らは裏仕事がある時以外は、やはり暇らしい。決まった時間ではないが、彼らは二時間ほどマシンで運動して帰って行く。神谷が新参者のためか、話しかけても彼らは返事をするだけで会話が成り立たない。まだ、警戒されているのだろう。

彼らからは直接情報を得るのは難しいのだが、神谷は彼らのスマートフォンをペアリングさせることに成功した。三人の住所はもちろん彼らの電話帳から連絡先をダウンロードし、関係者を洗い出す作業も行われている。

だが、情報が増えるに連れて深刻な人手不足に陥っていた。そこで、冴子《さえこ》の身の回りの世話をしていた尾形《おがた》を呼び戻している。尾形の代わりに、地元のデイサービスと契約し、毎日冴子の自宅を訪問してもらうようにした。痴呆症の症状は改善されたらしく、彼女に事情を説明して納得してもらった。

また、畑中は神谷から入手したリストを元に捜査一課長と計らい、独自に内務調査をすることになった。通常、警視庁内部の調査は警務部監察官室で行う。だが、岡村は監察官室から告発されて辞職に追い込まれたので信頼していないのだ。

神谷は、首都高速4号新宿線から都心環状線を経由し、首都高速1号線の芝浦ICから一般道に出た。

昨日から雨が降り続いている。時折、雨は止むが雲の切れ目はなく、早くも梅雨《つゆ》の到来を思わせる天気なのだ。

「あれか」

住所だけでなく、建物の色も聞かされている。神谷は海岸通りを進み、壁がブルーに塗られた〝パシフィック汽船〟の倉庫の前で停まった。

「余裕だな」

腕時計を見た神谷は、ウィンドウを下げて周囲を見回した。午後四時五十一分、待ち合わせは午後五時ちょうどである。五分前になったら、クラクションを鳴らして知らせるつもりだ。

倉庫の左右の敷地には貨物コンテナが積み上げられていた。建物の向こうは京浜《けいひん》運河沿いの埠頭《ふとう》がある。他にも別の海運業社の倉庫があり、民家はなさそうだ。

〝広尾滋野ビル〟は新しいビルだったが、目の前の倉庫は、幅は二十数メートル、奥行きは二十メートルほどでそこそこ大きいが、外観はかなりみすぼらしい。〝パシフィック汽船〟は海運業社として、名前の割りに規模は小さいのだ。

トラックが出入りできる大型のシャッターが上がり、片山が出てきた。シャッターの上にある監視カメラで見ていたのだろう。

「車を入れてくれ」

片山は右手を大きく振って呼んだ。相変わらず足は引き摺っているが、一週間前に比べて顔色は良くなっている。

「了解」

神谷は右手を軽く上げると、倉庫に車を乗り入れた。

出入口近くに四台の車があり、その並びに停めるとすぐにシャッターは閉じられた。出入口の左手にプレハブの小さな建物があり、窓からパソコンが置かれたデスクが並んでいるのが見える。〝パシフィック汽船〟の事務所なのだろう。

木製のパレットに載せられた荷物が、奥に並んでいる。反対側にも荷物搬出入用のシャッターがあった。だが、片山以外の男たちの姿が見当たらない。

「こっちだ」

片山は、プレハブの建物に入った。中は二十平米ほどの広さがあり、パソコンデスクが壁際に並んで置いてある。その左端のパソコンのモニターに監視映像が映っていた。

「他のメンバーはどうしたんですか？」

倉庫内に停められている車は、森本らの車である。この一週間で、彼らが使っている車種はすべて把握していた。

「奥で装備の点検をしている。積まれた荷物の反対側にいるから見えないんだ。何か飲むか？」

片山は部屋の片隅にある冷蔵庫を開けた。宇都宮の件を説明するつもりはないらしい。

県警は、大貫は自殺と断定している。彼が友人あてにメールやSNSで自殺をほのめかす文章を送っていたことで判断したらしい。事業を失敗し、破産していたことも決め手になったようだ。だが、盗聴した音声では、大貫は死にたくないと言っていた。メールやSNSは片山らが偽装したに違いない。

「ミネラルウォーター、貰えますか？」

神谷は監視映像を見ながら答えた。大貫の件は質問しないつもりだ。殺人を暗に認めた振りをすれば、共犯と同じである。片山らも安心するだろう。

「了解」

片山はミネラルウォーターのペットボトルを投げた。歩くのが面倒なのだろう。

「倉庫にしては、警備システムは厳重ですね。積荷は金塊《きんかい》ですか？」

神谷は冗談ぽく尋ねた。

画面は六分割されており、倉庫の表と埠頭側の出入口、屋外のコンテナ置き場、貨物船が係留されている埠頭、それに倉庫の内部が二箇所映し出されていた。その一つに森本ら三人が映っている。樹脂製のコンテナの中を確認しているようだが、手元までは見えない。

「金塊ではないが、高価な医療機器も扱うからね。ただの倉庫にしては、監視カメラは多いが、それほど厳重だとは思わないよ」

片山はわざとらしく首を傾げた。

「外部の監視カメラには人感センサーが付いていました。それに倉庫の表側に赤外線センサーが設置されている。あれは、人感センサーで侵入者を察知し、ライトが点滅してサイレンを鳴らすタイプですよね。多分、埠頭側にも設置されているでしょう。倉庫の天井には人感センサーと火災報知器を組み合わせたパッシブセンサーが、要所に配置されていました。こんなぼろ倉庫にしては過剰なセキュリティじゃないですか？」

神谷はさりげなく倉庫の内外を観察していた。技術的なことは、外山から学んだ知識である。

「格闘技、ピッキング、ハッキング、それにセキュリティの知識もある。俺たちとはだいぶ出来が違うな。大貫の件は、質問しないつもりか？」

片山は首を左右に振ると、缶コーヒーを手に近くの椅子に座った。

「質問をして、どうするんですか？　大貫が死ぬことで自由民権党の危機は去ったというだけですよね」

神谷は片山の隣りの席に座ると、肩を竦めた。

「この国の平和は、戦後自由民権党が守ってきた。その安寧《あんねい》を脅《おびや》かす者を我々は排除する。だが、罪なき民間人を手にかけることはない」

片山は深く息を吸い込んで吐き出した。

「和田議員に何か罪はあったのですか？」

神谷は首を傾げた。

「彼はこれから罪を犯そうとしていたのだ。それに政治家や役人はたとえ罪なく死んだとしても、それが国のためなら受け入れるべきなのだ。国に死を求められるのなら、差し出す覚悟がなくてどうする。日本という国の政府は、今も昔もそう考えているんだよ」

南スーダンのＰＫＯで負傷したことを思い出したのだろうか、片山は遠くを見るように視線を上げて言った。ある意味、元自衛官らしい考え方だが、どこか自嘲《じちょう》しているようにも聞こえる。

「俺を呼び出した理由を聞かせてください」

神谷は話題を変えて本題に入った。

「来年に延期となったオリンピックを盛り上げるための計画がある。その準備をしているのだ。おまえも手伝ってくれ」

片山は缶コーヒーを飲み干《ほ》し、ゴミ箱に投げ捨てると、立ち上がった。

「もちろんです」

神谷はペットボトルをパソコンデスクに置くと、片山に従って部屋を離れた。出る前にちらりと監視カメラの映像を見たが、先ほど映っていた森本らの姿はない。監視カメラの視界から消えたようだ。

「とりあえず、森本を手伝ってくれ」

片山は積み上げている荷物の向こうに曲がった。

「はい……」

神谷も荷物の陰に入る。

瞬間、腹部に激痛が走り、思わず跪《ひざまず》いた。荷物の陰に鉄パイプを手にした森本が立っていた。

「しぶといな」

森本は鉄パイプを振りかぶった。

「貴様!」

鉄パイプを右手で受け止め、立ち上がった。だが、後頭部に衝撃を受けた神谷は、前のめりに倒れた。

3・五月二十二日PM5:20

午後五時二十分、911代理店。

捜査本部となっている三〇六号室のノートPCが載せられた長机に、岡村と外山、それに尾形の三人が向かっていた。沙羅は午後五時から七時まで玲奈と交代するための仮眠を取っており、自室に戻っている。そういう意味では、夕刻のこの時間、貴重な戦力を一時的に失うのだ。

「どうなっているんだ?」

岡村はノートPCのモニターを見て首を捻った。

「どうしたんですか？」

隣りに座っている外山が、岡村のモニターを覗いた。

「神谷君だけ、動かないんだよ」

岡村は腕組みをしてモニター上の地図を睨んでいる。地図には神谷の位置を赤い点で表示し、片山らの位置は四つの青い点が点滅していた。片山と彼の部下の三人が所持しているスマートフォンのGPS情報が表示されており、彼らは倉庫から西に移動している。

「位置からして、神谷さんだけ〝パシフィック汽船〟に残っているみたいですね。彼の身に何かあったのかもしれませんよ。私が行ってきましょうか？」

外山は席を立った。〝広尾滋野ビル〟に侵入した際に足を挫《くじ》いたが、ほとんど治っているそうだ。

「この時間帯は渋滞しているから四十分近く掛かるだろう。サポートチームに連絡を取ってみよう」

岡村はスマートフォンを出した。

「サポートチーム？　アルバイトでも雇っていたんですか？」

外山は尾形と顔を見合わせている。

「神谷君にも言っていなかったが、木龍に頼んだのだ。相手が相手だけに、単独の潜入捜査は非常に危険だからね」

岡村は質問しようとした外山を右手で制し、スマートフォンで電話を掛けた。

「今どこだ？……例の倉庫の近くか。……神谷君のGPS信号がそこで停止している。至急、確認してくれ。頼んだぞ」

岡村は通話を切ると、短く息を吐いた。

「木龍って、あの木龍さんですか？」

通話が終わるのを待っていた尾形は、遠慮がちに尋ねた。木龍が岡村の情報屋をしていることは尾形らも知っている。だが、彼らにとって心龍会の若頭である木龍は近寄りがたい存在のため、接触することもないのだ。

「心龍会は、もともと始末屋を兼ねて手荒な探偵業も営んでいた」

岡村は横目でノートPCのモニターを見ながら言った。

「身内で殺しがあった時の死体の処理とか、恐喝する相手の弱みを握ったりするためのものでしょう？」

尾形が苦笑した。

「それは昔の話だ。最近の暴力団は、みかじめ料だけじゃ食えないから多角経営をしている。木龍は腕利きの手下を集め、これまでの始末屋とは別に本格的な探偵事務所を四年前に立ち上げたのだ。だから、私は木龍を単なる情報屋ではなく、最近ではパートナーとしても考えている」

岡村は真剣な表情で答えた。

「しかし、今回の捜査は極秘で行うべきだと思いますが、大丈夫ですか？」

尾形は訝しげに岡村を見た。木龍は所詮暴力団員と思っているのだろう。

「言いたいことは分かっている。だが、木龍は信頼がおける」

岡村はきっぱりと言った。


午後五時二十四分、芝浦。

小雨降る中、木龍は〝パシフィック汽船〟の倉庫の五十メートル手前に置かれたベンツSクラスの後部座席から降りた。いつもと違っておとなしめのグレーのスーツを着ている。だが、サングラスを掛けていることもあり、任侠《にんきょう》のオーラはいつもと変わらない。

「どうしますか？」

助手席から降りてきた男が尋ねた。

奥山真斗《おくやままさと》、三十六歳。木龍の直属の部下である。十七年前の高等専門学校時代に暴力事件を起こして逮捕され、釈放後にやけになって新宿で暴れているところを心龍会の若い者に袋叩きにあった。だが、木龍に救われて心龍会の一門になり、彼の護衛を務めるまでに精進して今に至っている。

「外見はかなりボロですが、警備は堅いですよ」

奥山は木龍が濡れないようにさりげなく傘を差した。彼は若いが、心龍会が経営する〝こころ探偵事務所〟の副所長をしている。所長はもちろん木龍である。

「そのようだな。情報では、守衛はいないそうだ。セキュリティシステムが作動し、警備員が駆けつけるまでには、五分は掛かるだろう。それまでに出てくればいいんだ」

木龍は渋い表情で言った。

「それでは、星野《ほしの》は車をすぐに出せるように待機させた方がいいですね？」

奥山は傘を差したまま尋ねた。星野とは運転席の男で、高校を中退して心龍会に入ったものの木龍の勧《すす》めで夜間高校を卒業し、大学まで進学した。根は真面目で頭がいい男である。〝こころ探偵事務所〟は十六人の社員を有しているが、木龍は特に信頼がおける二人を連れて来たのだ。

「いや、時間との勝負だ。三人で行こう」

木龍は頷いた。

「所長、それはいけません。私と星野の二人で行きます」

奥山は木龍の前に立った。〝こころ探偵事務所〟の社員で心龍会の組員は四人だけである。そのため、木龍を若頭と呼ぶことを禁止されていた。

「俺がこの目で確かめたいんだ」

木龍は奥山を左手で押し除《の》けた。

「失礼しました」

奥山は傘を差したまま後ろに下がり、運転席の星野に合図をした。星野は車から降りて木龍の傍に立つ。

「奥山。おまえなら、シャッターの傍にある通用口の鍵は開けられるな？」

木龍は前を向いたまま尋ねた。

「お任せください」

奥山は傘を星野に渡すと、〝パシフィック汽船〟の倉庫の出入口まで走った。サングラスは掛けているが、監視カメラから顔を逸らし、ピッキングツールでドアの鍵を三十秒ほどで開けた。

星野はその間、雨に濡れながらも恭《うやうや》しく木龍に傘を差している。それほど、二人にとって木龍は殿上人のような存在なのだ。

「行くぞ」

木龍は大股で倉庫の出入口に向かう。

「お入りください」

奥山はドアを開けて頭を下げた。

「ご苦労」

小さく頷いた木龍は出入口から侵入すると、ポケットからハンドライト出した。すぐ後ろから奥山と星野もドアを抜けて、ハンドライトを出して倉庫の奥へと駆けて行く。彼らは木龍の命令で一週間前から人知れず神谷を尾行し、サポートに付いていた。木龍は今日の昼過ぎに岡村からの連絡で神谷が呼び出されたと聞き、奥山らと行動を共にしていたのだ。

木龍は左手にある事務所らしきプレハブ小屋に入ると、セキュリティシステムを難なく解除した。

「所長。神谷さんの物と思しきスマホは見つけましたが、神谷さんもジープもありませんでした。しかし、大変な物がありました」

星野が事務所のドアを開けて言った。

「案内してくれ」

事務所のパソコンを調べていた木龍は、星野に従って倉庫の奥に向かう。

「これを見てください」

奥山が木製パレットに積み上げられている段ボール箱から樹脂《じゅし》製のボトルを出した。

「硝酸《しょうさん》アンモニウムか。無造作に積み上げられているから無許可の可能性があるな」

ボトルを手に取った木龍は、険しい顔になる。硝酸アンモニウムは化学肥料としても使われるが、爆弾の原料にもなるため、日本だけでなく海外でも取り扱いは許可制になっている国が多い。

「それにこっちの段ボール箱には、硝酸カリウムと硫黄《いおう》と木炭粉のボトルまであります。間違いないでしょう」

奥山も眉間に皺を寄せて言った。

「本当か！　ここにある材料だけで、強力な爆弾が作れるぞ」

木龍は腕組みをして唸るように言った。

硝酸アンモニウムと軽油を混ぜれば、アンホ爆薬を作ることができる。また、硝酸カリウムと硫黄と木炭粉で黒色火薬が作れる。黒色火薬を使って起爆装置を作製し、アンホ爆薬に取り付ければ強力な爆弾が作れるのだ。

「神谷さんの身が案じられます」

奥山は不安げな顔で促した。

「片山を追うぞ」

木龍は出入口に向かって走った。

4・五月二十二日PM6：45

午後六時四十五分、神宮《じんぐう》外苑、絵画館駐車場。

神谷は喉の渇きと激しい頭痛で目覚めた。

「むっ」

体を動かそうとしたが、手足の自由が利かない。両手首と足首が樹脂製の結束バンドで縛ってあった。しかも、いつの間にかジープ・ラングラーの後部座席に座っている。後頭部が酷く痛むので、殴られて気絶したのだろう。脳震盪《のうしんとう》を起こしたのかもしれない。芝浦の〝パシフィック汽船〟の倉庫にいたところから記憶が飛んでいた。片山らの部下に襲われたに違いない。信頼されていないことは分かっていたが、そこまでとは思っていなかった。潜入捜査が成功したと思い込んでいただけだったようだ。

「目覚めたのか？　そのまま眠っていればいいものを」

運転席に見知らぬ男が座っている。

「おまえは誰だ？」

言葉を発するだけで、頭に響く。

「どうでもいいだろう。おまえを見張っているように言われている」

男は面倒臭そうに答えた。

神谷は男の横顔が見えるように座席を移動し、改めて顔を見た。どこかで見た記憶がある。三〇六号室の壁に貼り付けてある捜査資料を頭に浮かべ、記憶を掘り起こす。古い資料ではなく、右側の新しい資料に男の顔写真があった。

「おまえは、和田代議士の秘書だった川沼永雅だな」

神谷は川沼を睨みつけた。

「何！　どうして？」

声を上げた川沼は、振り返った。

「和田代議士と今井秘書を殺害し、箱根の別荘に火を点けたのはおまえだろう？」

神谷はシートに深く座りながらさりげなく周囲を見回した。どこかの駐車場ということは分かる。だが、両隣りに停めてある車のせいでよく分からない。しかも、日が暮れて辺りは暗いのだ。

「黙れ！」

川沼は座席から身を乗り出し、右手を伸ばして神谷の首を絞めてきた。

「くっ!」

神谷は川沼の手首を摑むと、右に捻りながら両手首を前に激しく回転させた。鈍い音がする。この程度なら手首が縛られていても、容易《たやす》いことだ。後ろ手《うしろで》でなかったのが幸いした。

「ぎゃあ!」

川沼が悲鳴を上げる。神谷は容赦《ようしゃ》無く折れた右手首を摑んだまま体を回転しながら引き込んだ。すかさず川沼の左顎に強烈な肘打ちを決め、昏倒《こんとう》させた。結束バンドで縛ってあるので抵抗できないと油断したのだろう。挑発にまんまと乗って来た。

神谷は体を捻って自分のジャケットからピッキングツールを出した。スマートフォンは取り上げられたが、財布とピッキングツールは無事だったのだ。

結束バンドは細い物ならテンションを掛けて引きちぎることもできるが、神谷に掛けられているのは八ミリ幅の丈夫なタイプなので簡単には切れない。

神谷はピッキングツールの先端を結束バンドのヘッド部分に差し込んで、引っ張った。これは外山から伝授された方法だが、結束バンドのセレーションと呼ばれるギザギザ部分がヘッド部の爪に引っ掛からないようにしたのだ。

手首の結束バンドを外した神谷は、足首の結束バンドも同じ要領で外した。気絶している川沼を後部座席に座らせると、取り外した結束バンドで手足を縛った。

彼のジャケットを探り、スマートフォンを見つける。川沼の右手親指でスマートフォンのロックを解除した。岡村に電話を掛けようと思ったが、思い留まった。まずは情報収集である。

「起きろ、川沼！」

神谷は川沼の頬を叩いた。

「むっ、痛てて」

川沼は呻き声を上げる。

「何の目的で俺を連れて来た？」

神谷は川沼の顔を覗き込んだ。

「しっ、知らない」

川沼は首を振りながらもダッシュボードを気にしている。インパネの時計を見ようとしているのかもしれない。

「時間が気になるのか？」

神谷は川沼がインパネを見られないようにシートに押し込んだ。

「俺は気絶していたのか？　今、何時だ？　頼む！　教えてくれ！」

川沼が焦り出した。

「おまえは三十分ほど気絶していただけだ」

神谷は鼻先で笑った。わざと二十分時間を足《た》して様子を見たのだ。

「なっ、何！　七時二十分になったら、お終いだ！」

川沼の額に脂汗が浮いている。

「どういうことだ。今、七時十八分だ。七時二十分になったら何が起きる？」

神谷は川沼の胸ぐらを摑んで揺すった。

「この車に時限爆弾が仕掛けてある。七時二十分ちょうどに爆発するんだ。早く、ここから出なきゃ、死ぬぞ！」

川沼が叫んだ。

「大丈夫だ。まだ、一分三十秒ある。おまえたちの目的を白状しろ！」

神谷は右手で川沼を摑みながら、脱出に備えて左手でドアノブを引いた。

「……！」

ドアロックが外れているにもかかわらず、ドアが開かない。チャイルドロックが掛けてあるようだ。

「くそっ！」

舌打ちをした神谷はシートの間から助手席に移動し、運転席側からドアロックを解除して外に出た。

「俺も出してくれ。何でも言うから助けてくれ！」

川沼が絶叫している。

「うるさい！」

神谷は後部ドアを開けた。その際、何かが切れた音がした

「まずい！」

川沼を引きずり出して投げ飛ばすと、地面に伏せた。

轟音！

車が爆発した。

5・五月二十二日PM7：00

立ち上がった神谷は、振り返った。

ジープ・ラングラーが骨組みを残して燃え上がっている。慌てて車から離れようと、走り出していたら間違いなく死んでいただろう。爆発には指向性がある。伏せて正解だった。周囲の車の窓ガラスも割れている。爆発で耳鳴りがするのを我慢して川沼を担ぐと、駐車場を移動した。

「絵画館だったのか」

神谷は右手にある城のような建物を見て絶句した。

聖徳《しょうとく》記念絵画館は新宿区の明治神宮外苑にある美術館で、駐車場は美術館の営業時間外でも一般に開放している。

絵画館と明治神宮外苑室内球技場などを競技トラックのように囲んでいる四谷《よつや》角筈《つのはず》線を隔《へだ》てて西側にはオリンピック会場となっている国立競技場があった。また、競技場の南側

には明治神宮野球場がある。

爆破されたジープは絵画館駐車場の西の端に停めてあった。爆破を逃れた神谷は、絵画館の建物の裏手を東に移動している。百五メートルほど離れたところで担いでいた川沼を下ろした。

「川沼、起きろ」

神谷は川沼の状況を確かめながら頰を軽く叩いた。太腿《ふともも》に出血が見られる。爆弾の破片が刺さったのだろう。投げ飛ばしたところにたまたま破片が飛んだらしい。

「身体中が痛い」

川沼は荒い息を吐きながら言った。

「病院に連れてってやる。その前に片山が何を計画しているのか、話せ！」

夜間の絵画館駐車場は、人気《ひとけ》が途絶える。そこで、爆弾テロを起こしたところで、人的被害は少ないはずだ。他に何か計略が必ずあるに違いない。胸騒ぎがするのだ。

「話すわけがないだろう」

川沼は薄ら笑いを浮かべた。

「おまえも殺されかけたんだぞ」

「馬鹿な。七時二十分になったからだ」

「まだ七時三分だ」

神谷は腕時計を川沼に見せた。

「どっ、どういうことだ？」

川沼の目が泳いでいる。

「おまえは、七時十五分ごろに俺を運転席に移動させるように命じられたはずだ。違うか？」

「そっ、そうだ」

「ジープに仕掛けられた爆弾の起爆装置は時限式ではなく、後部ドアに仕掛けられていたんだ。おまえごと吹き飛ばすつもりだったんだ。分からないのか」

神谷は鼻先で笑った。川沼は世間的には箱根で死んでいる。片山らにとっても生きていてはまずいのだ。

「そっ、そんな」

「自分を殺そうとした連中に義理だてするつもりか」

「いっ、いや……」

川沼は俯《うつむ》いて口を閉じた。片山らではなく自分の罪を恐れているようだ。

「黙っていて、許されるとでも思っているのか！」

神谷は立ち上がると、川沼の出血している太腿を足で踏みつけた。

「止めてくれ！　こっ、国立競技場の爆破だ。さっきの爆発で警備の警察官の気を引いている間に侵入して爆発させるんだ。そっ、それ以上のことは知らない」

川沼は呻き声とともに白状した。

「分かった」

神谷は川沼の顎を蹴り上げて気絶させると、先ほど手に入れた川沼のスマートフォンをポケットから出した。

「しまった！」

地面に伏せた際、下になっていたのか画面が破損し、壊れている。

「おまえ！　そこで何をしている！」

反射板が付いたベストを着ている二人の警察官が、駆け寄って来た。近辺を警備していたのだろう。

「落ち着いて聞いてくれ。俺は元警官だ。国立競技場に爆弾が仕掛けられている。すぐに警備の警察官を増やしてくれ。ちなみに俺は犯人の顔を知っている。捜査協力するから、一緒に国立競技場まで行ってくれ」

神谷は手短に説明した。

「こいつ、怪しいぞ。そもそも、怪我人を痛めつけていたんじゃないのか？」

右手の警察官が気を失っている川沼を見て睨みつけてきた。川沼を蹴ったところを見られたようだ。

「さっきの爆弾はおまえが仕掛けたのか！」

左手の警察官が警棒を出した。二人の警察官はテロリストを見つけたつもりで興奮しているに違いない。この手の経験が少ない警察官には何を言ってもだめだろう。

「こいつが犯人だ。言っただろう、俺は機動隊に所属していた元警察官なんだ。一刻の猶《ゆう》予《よ》もないんだぞ」

神谷は苛立ちながら首を横に振った。状況からしてどう言っても勘違いされると思っていたが、その通りになったらしい。

「嘘をつけ！　おとなしく、我々と一緒に来い！」

右手の警察官が手錠を出すと、左手で神谷の右手を摑んできた。

「分からずやだな。電話を掛けさせてくれ。本店に知り合いがいる」

神谷は腕を捻って、警察官の手を払った。こうなったら、一課の畑中に連絡する他ないだろう。

「抵抗するか！　公務執行妨害の現行犯で逮捕する！」

左手の警察官が警棒を振り下ろした。

神谷は紙一重で避けると、掌底で警察官の顎を打ち抜き、拳銃の革帯に手を掛けた右手の警察官の首筋に手刀を叩き込んで気絶させた。

「気は進まないが、仕方がないか」

溜息を吐くと、神谷は二人の警察官の襟を摑んで車の陰に引き摺り込んだ。

6・五月二十二日PM7：18

午後七時十八分。

警察官の格好をした神谷は絵画館の駐車場を出ると、倒した警察官から拝借したスマートフォンを出した。気絶させた警察官は目覚めて騒がれると困るため、川沼と手錠を掛けて身動きが取れないようにしておいたのだ。

「俺だ。緊急事態だ」

神谷は畑中に電話を掛けた。

——大袈裟なやつだ。どうした？

「片山に拉致されて絵画館駐車場まで来た。見張りを倒して脱出したら車が爆破された。だが、それは陽動作戦だ。敵は国立競技場を爆破するつもりだ」

——何！　本当か！

「本当だ。とりあえず、川沼永雅を捕まえておいた。俺は国立競技場に行って、片山らを探す」

——分かった。そっちに十分で急行する。待てよ。そうだ。今日は国立競技場の夜間警備訓練があって、警察官が腐るほどいるはずだ。事情を話して協力を仰《あお》げ。

「やってみたが、逆に逮捕されそうになった。単独で潜入する」

——単独！　どうやって競技場に入る……。

説明が面倒なので通話を途中で切った。警察官を二人倒して、その制服を奪ったなどと説明できるわけがない。

四谷角筈線に出るとパトカーが次々と到着し、国立競技場前に停止する。あと数分、駐車場に留まっていたら、警察官に囲まれて脱出することもできなかっただろう。

国立競技場の建設工事はほぼ終わっているが、周囲は白い工事用フェンスで囲まれている。そのフェンスの前に警察官が数メートル置きに立っていた。彼らは駆けつけて来たのではなく、もともと夜間警備訓練のために配備されていたのだろう。

「競技場の中を調べるように命じられた。中に入れてくれ」

車用の出入口の前に立っている若い警察官に言った。

「さっき、四人の本店の警官が入って行きましたが、同じ所属ですか?」

若い警察官は首を捻った。

「何? その中で年配の警察官は足を引きずっていなかったか?」

神谷は警察官の二の腕を摑んで尋ねた。

「そっ、そうです。何か問題でも?」

警察官は顔を引き攣《つ》らせながらも聞き返した。

「そいつらはテロリストの可能性がある。名前は?」

「涌井《わくい》です」

「一緒に来てくれ」

神谷は若い警察官を連れて工事フェンスの中に進入した。

「競技場は広いですよ。どこを探したらいいんだか」

涌井はハンドライトを出し、落ち着きがない。

「いい質問だ。ちょっと待ってくれ」

神谷は拝借したスマートフォンを出し、玲奈に電話を掛けた。

――今まで、どこにいたの！

いきなり玲奈の逆鱗《げきりん》に触れたらしい。

「すまない。急いでいる。片山が爆弾を国立競技場に持ち込んだらしい。そっちで場所は分かるか？」

――なんでそれを早く言わないの！　今どこ？

「四谷角筈線の絵画館に近い交差点の出入口から入ったところだ」

――ちょっと待って。……そこは、競技場の東出入口ね。通路を左に進んで二百メートル。片山らは南の出入口にいるわ。

「ありがとう」

神谷はスマートフォンをポケットに仕舞うと、拳銃のカバーである革帯を外し、ケースのボタンも外した。これはすぐに拳銃が抜けるようにするためだ。

「その必要がありますか？」

涌井は恐る恐る同じように革帯を外した。

「テロリストの可能性があると言っただろう。行くぞ！」

神谷は涌井に手を振って走り出した。

「警備の応援を呼ばなくていいですか？」

涌井が、必死についてくる。

「本店に応援は頼んである。五分で到着するはずだ」

神谷は振り返りもせずに答えた。確証もなしに警備についている警察官の応援を呼べば、偽警官である神谷が逮捕される可能性が高くなるだけだ。

「了解です」

涌井は息を切らしながらも走っている。

通路は競技場に沿って右にカーブを描く。

カーブを曲がった。

「おっと」

カーブを曲がったところで、片山と鉢合わせになった。

「貴様！」

片山が腰の銃を抜いた。警視庁の制式銃、S&W M37、九ミリ口径のリボルバーである。神谷の銃も同じだ。

「撃ってみろ。すくなくとも百人の警官が押し寄せるぞ」

神谷も同時に銃を抜き、銃口を片山に向けた。だが、その後ろに森本らの銃が、神谷と若い警察官に向けられている。彼らとは十メートル以上離れているが、神谷なら彼らのどこでも撃ち抜く自信がある。だが、S&W M37の装弾数はたったの五発、予備の弾丸は持っていないので、無駄に撃ちたくない。

「どっ、どうしたらいいんですか？」

涌井が銃も抜けずに固まっていた。

「おまえは下がれ」

神谷は片山らを睨みつけたまま答えた。

「はっ、はい」

涌井は後退りする。

「逃がすか」

森本が涌井の足を撃ち抜いた。

「あっ！」

涌井が飛び上がるように後ろに倒れた。

「くそっ！」

神谷は森本の右腕を撃つと、横飛びに柱の陰に転がった。同時に片山は近くの柱に、塩見と進藤は工事用の資材の後ろに隠れた。

「今の銃声で警官隊が押し寄せるぞ」

神谷は大声で怒鳴った。

「それは都合がいい」

片山はそう言うと発砲して来た。

「まさか、おまえは最初から警官を巻き込むつもりだったのか！　何が目的だ！」

神谷は「政治家や役人は罪なく死んでも、国のためなら死を受け入れるべき」という片山の言葉を思い出した。

「今、オリンピック開催の障害はなんだ？」

片山はまた発砲した。九ミリの銃弾の発射音はたいしたことはないが、断続的に音をさせることで警備の警察官に銃撃音だと気付かせようとしているのだろう。

「新型コロナだ」

神谷はスマートフォンの発信履歴から畑中に電話を掛けた。

「相手がウィルスだから、人々の意見は分かれる。このままでは来年もどうなるか分からない。延期どころか中止もあり得るだろう。だが、テロならどうだ。世界中の人々は平和の祭典を意地でも開こうとする。誰しもテロの犠牲者を悼《いた》み、彼らの死を無駄にしないように立ち上がるはずだ」

片山は銃を発砲した。

「馬鹿な。そんな出鱈目《でたらめ》なテロに人々は振り回されないぞ」

神谷は電話の向こうの畑中にも聞こえるように叫んだ後、「南口だ」と小声で言った。

「これが見えるか？　起爆装置だ。本当は自分の車の中で自爆したおまえが、犯人になる予定だった。だが、これを使えば、周囲五十メートルは吹っ飛び、俺たちも死ぬ。証人は誰もいなくなるんだ。完璧なテロだと誰しも認める」

片山は黒い小さなケースを握りしめた左手を掲げ、低い声で笑った。

「くそっ！」

神谷は柱の陰から飛び出した。

片山らは一斉に銃撃してきた。

「くっ！」

銃弾が腹と肩に当たった。神谷は空中を飛んだ。片山の心臓に命中させ、通路に落ちて滑りながら資材の後ろにいた塩見と進藤の眉間を撃ち抜いた。できれば誰も撃たなくなかった。だが、片山だけでなく、生き残った誰かが起爆装置のボタンを押さないように即死させる必要があったのだ。

床を這うように移動した神谷は、森本を探した。残った一発であの男に止《とど》めを刺さなければならない。だが、体がいうことをきかないのだ。

「神谷！」

畑中が部下を引き連れて駆け寄って来た。

「起爆装置は、あの男が持っている。エリアを封鎖し、ここから退避。爆弾処理班を呼べ……」

神谷は片山を指差したが意識が朦朧《もうろう》とし、仰向《あおむ》けに倒れた。

「神谷！　しっかりしろ！　神谷……」

畑中の声が遠ざかっていく。

エピローグ

五月三十日、午前九時。東京中野、東京警察病院。

神谷《かみや》は個室のベッドからゆっくりと足を下ろし、下っ腹を摩《さす》った。立ち上がった際に鈍い痛みを覚えたが、立ち上がればほとんど感じない。

「大丈夫だな」

思わず安堵の溜息を吐いた。

左肩に撃たれた銃弾は貫通し、動脈や神経を痛めることもなかった。だが、腹に当たった銃弾は小腸を貫き、骨盤に当たって体内に留まったため一時は生死を彷徨《さまよ》うことになったらしい。おかげで五日間も寝たきりで、四日前に体を起こすことができるようになり、やっと昨日からベッドから下りて歩けるようになった。

あの日、片山《かたやま》らは国立競技場の三ヶ所に爆弾を仕掛けた。爆発すれば、一階部分にかなりの損傷を与えただろう。また、競技場のすぐ近くで警備に当たっていた警察官にも甚大《じんだい》な被害を及ぼしたことは言うまでもないことだ。

神谷との銃撃戦で片山、塩見《しおみ》、進藤《しんどう》の三人が死亡した。だが、森本《もりもと》は畑中《はたなか》が駆けつけた時にはすでに姿をくらましており、全国に指名手配されている。

事件の全容は川沼《かわぬま》が自供しており、貝田《かいだ》の嫌疑も晴れて釈放された。貝田を陥れて国立競技場を爆破した犯人を神谷に仕立てることで、９１１代理店をテロ組織に見せかけて潰すことも目的の一つだったようだ。

マスコミには絵画館駐車場の爆破事件と国立競技場の銃撃戦は大体的に取り上げられたが、そこに神谷の名前はない。

神谷は警察と密かに司法取引をしたのだ。警察は神谷が二人の警察官に暴行を働き、銃と制服を奪ったことも不問にした。銃を奪われたという不祥事があり、しかもその銃が使用されたとなれば、警察としても神谷を不問にした方が責任は軽く済むからだろう。それに爆弾テロを未然に防いだという手柄も得られるからだ。

そもそも民間人が警察官の銃を使って犯人を三人も射殺したという事実はあまりにも衝撃が大きすぎる。それが警察官だとしても、日本で銃撃戦というのは社会に与える影響が懸念《けねん》された。現場に駆けつけた警官隊が使用したことになったが、銃使用の是非は問われたのだ。爆弾テロを防ぎ、犯人が先に発砲しているため正当防衛だと認められている。森本に撃たれて負傷した涌井《わくい》巡査の存在も大きかった。

ドアがノックされ、畑中が顔を出した。

「なんだ。おまえか」

沙羅《さら》がそろそろ現れる時刻だったので、一瞬笑顔になって損をした気分である。彼女は毎日午前九時過ぎに顔を見せ、神谷が昼食を摂《と》った後に帰る。完全看護だが、彼女が部屋にいるだけで気分は落ち着く。看護師は沙羅を神谷の彼女だと思っているらしいが、悪い気分ではない。

「なんだはないだろう。ベッドから下りて大丈夫なのか？」

畑中が、柄《がら》のかわいい手提袋《てさげぶくろ》を持っている。菓子折りでも、持ってきたのだろう。

「暇なのか？」

神谷は手提袋を見て笑った。彼が見舞いに来るのは、二度目である。

「とんでもなく忙しい。おまえのせいで、俺と部下は一躍《いちやく》ヒーローになったからな。迷惑な話だ」

畑中は手提袋をベッドに載せた。銃撃戦を制したのは、彼のチームということになっているのだ。

「警察官はヒーローになって、子供たちの憧れの存在になるべきなんだ。おまえは、ヒーローらしく振舞え」

神谷はベッドに座った。疲れたわけではないが、下腹部にやはり痛みを覚える。

「今日は見舞いも兼ねているが、一課長から伝言もあってな」

畑中は真剣な表情になった。

「その口調じゃ、いい話じゃなさそうだな」

神谷は溜息を漏らした。

「勘違いするな。いい話だぞ。おまえが復職しないか聞いてくるように言われたのだ。おまえの働きで、警視庁内のモグラも一掃《いっそう》出来そうだしな」

畑中は大きな声で笑った。モグラとは独自の捜査をしていた岡村を退職に追い込み、良からぬ噂を広めた連中のことだ。調べを進めるうちに自由民権党から賄賂《わいろ》が支払われていたらしい。

「それがいい話だというのか。馬鹿馬鹿しい。俺は今の暮らしにも、今の上司にも満足している。本店に戻れと言われて喜ぶと思ったのか」

神谷は右手を顔の前で大きく振った。

「おまえの働きぶりからして、てっきり喜ぶと思ったんだがな」

畑中は頭を掻いて首を捻っている。一度外の空気を吸ったら、世の中の景色が変わることをこの男は知らないのだ。

ドアが軽くノックされ、沙羅が入って来た。

「あら、お客様ですか。失礼しました。出直して来ます」

沙羅は頭を下げた。

「沙羅さん、紹介しておくよ。警視庁時代の同期の畑中だ。畑中、会社の同僚で篠崎《しのざき》沙羅さんだ」

神谷は沙羅を引き止めた。退院しても、事件の事情聴取はまだありそうなので、畑中が会社に来ることもあるだろう。事前に畑中を紹介しておいた方がいいと思ったのだ。

「一課の畑中です。いつも神谷が世話になっています」

畑中は柄《がら》にもなく上がっている。沙羅は地味な格好をしているが、アイドルのように可愛い。初対面なら誰でも驚くだろう。

「篠崎沙羅です。よろしくお願いします」

沙羅は畑中の視線を外し、控えめに頭を下げた。彼女は玲奈《れいな》ほどではないが、初対面の男性の前では萎縮《いしゅく》する。

「なるほど、こんな美人がいたら、会社が辞められないな。理由が分かったよ」

畑中はにやついた顔で、沙羅の顔をじっと見ている。

「はっ、畑中、沙羅さんの顔を見つめるような真似はよせ」

神谷は慌てて注意した。畑中はごつい顔をしている。そんな男が沙羅と視線を合わせていたら何が起こるか分からない。

沙羅の頭が揺れ、一瞬目を閉じた。立ったまま気を失ったのだ。

「おい、てめえ、他人の顔をじろじろ見やがって、何様のつもりだ！」

両眼を見開いた沙羅の声が低くなり、形相《ぎょうそう》が険しくなった。玲奈に入れ替わっているのだ。

「えっ、何？」

畑中が顔を突き出して、玲奈の顔を見つめている。というか、豹変《ひょうへん》した彼女から目が離せなくなっているようだ。

「まっ、まずい。玲奈、落ち着いて。畑中、帰れ！」

神谷は畑中を追い払うように手を振った。

「このスケベ野郎！」

玲奈のパンチが畑中の顎にまともに決まった。

「うっ！」

畑中が白目を剝いて倒れ、神谷が抱きとめてベッドに寝かせた。

「あれっ、ここどこ？」

我に返った玲奈が、不安げな表情になっている。

「中野の警察病院だよ。久しぶりだね、玲奈」

神谷は優しく言った。沙羅とは毎日会っているが、会社に帰っていないので玲奈とは一週間以上会っていないのだ。

「あっ、神谷……さん、私……」

神谷に気が付いた玲奈が無言で涙を流し、抱きついてきた。

「もうすぐ会社に帰る。いや、家に帰るよ」

神谷は玲奈の背中を優しく叩いた。

本書はハルキ文庫の書き下ろしです。
本作品はフィクションであり、登場する人物、団体名など
架空のものであり、現実のものとは関係ありません。

ハルキ文庫

わ 4-2

911代《きゅういちいちだい》理《り》店《てん》❷ ギルティー

著者 渡辺裕之《わたなべひろゆき》

2021年7月8日第一刷発行

発行者 角川春樹

発行所 株式会社角川春樹事務所
〒102-0074 東京都千代田区九段南2-1-30 イタリア文化会館

電話 03(3263)5247(編集)
03(3263)5881(営業)

印刷・製本 中央精版印刷株式会社

フォーマット・デザイン 芦澤泰偉
表紙イラストレーション 門坂 流

ISBN978-4-7584-4417-0 C0193 ©2021 Watanabe Hiroyuki Printed in Japan
http://www.kadokawaharuki.co.jp/[営業]
fanmail@kadokawaharuki.co.jp[編集] ご意見・ご感想をお寄せください。

渡辺裕之の本

911代理店

「911」――米国は日本と違い、警察、消防、救急の区別なく、緊急事態は全てこの番号に電話を掛ける。そこで必要な処置を決定するのだ。「株式会社911代理店」はそれを日本で行うことを目的とする。恋人をテロで失い自棄になっていた元スカイマーシャルの神谷隼人は、ある出来事を契機にそこに勤めることに。しかし元悪徳警官と名高い社長をはじめ、元詐欺師に現天才ハッカーなどと、社員は皆一癖も二癖もあって!?　最強のアウトローたちが正義とは何かを問う、痛快アクション！